낯선 하루

2015년 6월 19일 초판 1쇄 발행

지은이 · 옥성호

펴낸이 · 이성만
편집인 · 정해종

책임편집 · 이기웅
마케팅 · 김명래, 권금숙, 김석원, 최민화, 조히라
경영지원 · 김상현, 이윤하, 김현우

펴낸곳 · 박하
출판신고 · 2006년 9월 25일 제406-2012-000063호
주소 · 경기도 파주시 회동길 174 파주출판도시
전화 · 031-960-4800 | 팩스 · 031-960-4806 | 이메일 · info@smpk.kr

ⓒ 옥성호 (저작권자와 맺은 특약에 따라 검인을 생략합니다)
ISBN 978-89-6570-259-7 (03810)

옥성호 장편소설

낯선 하루

하나님께서 출타 중이셨던 어떤 하루의 기록

BAKHA PUBLISHERS

차례

"오늘 내 딸이 더 이상 교회를 다니지 않겠다고 선언했다."

오전 4시 50분

아내가 깨우지 않았으면 또 한 번 큰일 날 뻔했다.

어제 잠을 조금 설친 것이 새벽에 바로 악영향을 미쳤다. 아내는 항상 나보다 30분은 먼저 일어나 새벽기도 갈 준비를 한다. 아내가 나갈 준비를 끝낼 쯤 되면 나도 일어나 주섬주섬 옷을 입는다. 그런데 오늘은 새벽기도에 나가야 할 시간 직전까지 잠에서 깨지 못하고 있는 나를 보고 아내가 식겁하며 깨운 것이다. 나는 얼굴만 대충 씻고 부랴부랴 집을 나섰다.

다행히 우리는 새벽기도회 시작 5분 전 교회에 도착했다. 우리 교회 새벽기도회는 월요일에서 토요일까지 매일 새벽 5시 반에 시작한다. 아침 7시부터 세탁소를 열어야 하는 교우들이 많아서 부득이하게 5시 반으로 시작 시간을 잡았다. 과거 언젠 가는 새벽기도회를 6시에 시작했다고도 하는데. 그땐 참 좋았 겠어……, 나는 매일 새벽마다 이 30분의 차이가 주는 어마어마 한 시간의 크기를 실감하곤 한다. 매일 아침 30분만 더 잘 수 있다면……, 하루도 빠지지 않고 내 머릿속을 파고드는 절박하 고 안타까운 생각이다.

교회 안에 찬송가가 고요하게 울려 퍼지고 나는 강단에 올랐다.

보통 새벽기도 강단을 부목사에게 맡기는 담임 목사들이 많 다. 나는 그것도 나름 의미가 있다고 생각하지만 부교역자에게 맡기는 새벽기도회를 그다지 좋게 보지 않는다. 왜냐하면 새벽 기도 시간이야말로 교회의 최정예 멤버가 참석하는 시간이기 때문이다. 보통 주일 예배에 1000명이 온다면 한국의 수요 예 배에 해당하는 금요일 저녁 예배는 그 숫자의 20퍼센트 남짓이 참석한다고 알려져 있다. 따라서 금요일 저녁 예배에 참석하는 20퍼센트의 성도가 사실상 어느 교회나 그 교회의 핵심이라고 말할 수 있다.

그런데 그 핵심으로 여겨지는 20퍼센트 중에서도 다시 20퍼 센트가 참석하는 것이 새벽기도다. 달리 말해 새벽기도에 오는 신도야말로 기도로 교회를 지키고 있는 교회의 핵심 중의 핵심인 셈이다. 그들을 양육하고 성장시키는 것, 달리 말해 그들에게 담임 목사인 나의 목회 철학과 나의 가치관을 100퍼센트 이해시키고 그 방향에 순종하도록 하는가, 못 하는가가 목회의 성공 여하를 결정한다고 해도 과언이 아니다. 그런데 어찌 그 소중한 시간을 언제 어느 곳으로 떠날지 모르는 부목사들에게 맡길 수 있겠는가?

상상도 할 수 없는 일이다.

회사의 가장 중요한 간부회의를 임원에게 맡기는 사장을 본 적이 있는가?

사실 말이 나왔으니 말인데 나는 매일 아침 일어날 때마다 두 가지의 감정을 느낀다. 첫 번째는 알람이 울리는 순간 나의 온몸이 울부짖는 잠에 대한 미칠 것만 같은 욕망이다. 매일 새벽, 나는 이 지구가 그냥 멸망했으면 좋겠다……, 그렇게 되더라도 더 잘 수만 있다면 좋겠다……, 이런 소리 없는 비명을 마음속으로 지르면서 이불을 박차고 일어난다. 매일 새벽 기상 시간이 내게는 가장 힘든 싸움이고 전투다. 무엇보다 나는 결단코 새벽형 인간이 아니다. 나는 천성적인 야행성 인간이다. 과거 한때 이 야행성을 한번 고쳐보겠다고 당시 베스트셀러였던 《아침형 인간》이라는 책을 사서 읽은 적이 있었다. 하지만 내게 아무런 감흥도 일으키지 못하는 그 책을 분노에 차 쓰레기통에 갈기갈기 찢어 버리고 말았다. 그렇게 분개할 일도 아니지만, 괜히 책한테 화풀이를 한 것이다. 어쨌든 나는 그 후로 일본인이 쓴 이른바 '자기계발서'는 가급적 멀리하게 되었다. 일본인이 하루에 한 번 밥 먹고 살 뺐다는 식의 책을 보면 나는 일부러 더 꾸역꾸역 하루에 세 번 밥을 먹고 싶은 욕망이 솟구친다. 그 정도로 《아침형 인간》이라는 책은 내게 심한 거부감을 남겨 놓았다. 야행성을 고치고 싶었던 욕망이 컸었고 그만큼 그 책에 대한 기대가 컸던 탓인지, 아무튼 나는 '아침형 인간'이라는 단어 자체에 불편한 감정을 가지고 있다. 아직까지도.

그런 내가, 그 정도로 새벽에 일어나고 싶었지만 목표를 이룰 수 없었던 내가 미국 시카고의 외곽에 있는 한 한인 교회에 부임한 것은 5년 전이다. 그리고 나는 어쩔 수 없이 지난 5년간 매일 새벽기도를 인도하는 새벽형 인간으로 살게 되었다. 그러나 지난 5년간 단 하루도 새벽에 일어나면서 힘들지 않았던 적이 없었다. 그 고통은 오늘 아침도 예외는 아니었다. 이처럼 40년 넘게 철저한 야행성으로 산 나의 오랜 관성은 매일 아침 나를 죽음 직전으로까지 내몬다. 그럼에도 나는 매일 새벽 어김없이 그 죽음의 고통을 뚫고 일어나 기어코 문밖으로 나서고야 마는 것이다. 왜냐하면 이 새벽기도 시간은, 이 시간을 통해 이 교회를 이끄는 핵심 멤버들과의 영적 소통은 그만큼 내 목회에 중요하기 때문이다. 그리고 목사가 되면서 이 새벽 시간만은 어떤 일이 있어도 온전히 하나님께 바치겠다고 약속했기 때문이기도 하다.

누군가 그랬다.

"나는 매일 죽는다."

나는 그게 무슨 말인지 진짜 안다.

그렇다.

나는 정말 매일 새벽 죽을 것만 같다.

죽을 것같이 힘든 새벽의 순간순간마다 새벽기도회를 부목사들과 나눠서 인도하면 어떨까 하는 유혹이 나를 엄습한다. 하지만 그 유혹은 내가 이불을 박차고 일어나는 순간 사라진다. 오늘도 그랬다. 나는 오늘 새벽도 5분, 10분 더 자고 싶은 나의 육체와의 전쟁에서 싸워 이겼다. 이 육체란 놈은 해달라는 대로 다 해주면 더 떼를 쓰고 더 버릇이 없어지는 놈이다. 이 버릇없는 육체란 놈을 이길 때의 쾌감은 이겨본 사람만이 아는 법이다.

육체를 정복하는 쾌감을 느끼며 자리에서 박차고 일어나는 순간 두 번째 감정이 나의 온몸을 감싼다.

나는 중학교 시절 들은 중고등부 목사님의 한 설교를 지금도 잊지 못한다.

"여러분, 새벽의 맑은 공기를 느끼며 하나님 앞에서 무릎 꿇고 그분의 말씀을 들어본 사람만이 진정한 하나님의 임재臨在를 알 수 있어요. 다 같이 교회를 다니는 것 같지만 예수 믿는 사람은 새벽에 하나님을 만나는 사람과 새벽에 자는 사람, 이렇게 두 부류로 나뉠 수 있어요. 여러분 하나님께서는 새벽에만 준비하신 특별한 은혜가 있어요. 그렇습니다. 결코 다른 시간이 아니라 오로지 새벽에만 주시는 은혜가 있어요. 아직 어린 여러분 눈에도 내가 보통 사람이 아닌 건 알지요?(그랬다. 그 목사님은 내가 자라면서 만났던 어떤 목사들과도 차원이 다른 엄청난 카리스마를 갖고 있었다. 그리고 내 눈에 하루 종일 오로지 하나님만을 생각하고 사는 사람으로 보였다. 당시 나는 정말로 그 목사님처럼 되고 싶었다. 우리들은 목사님의 질문에 다 '예'라고 대답했다.) 어떻게 내가 어린 여러분 눈에도 특별하게 보일 정도로 영적인 파워를 갖게 되었는지 아세요? 바로 지금으로부터 15년 3개월 17일 전 새벽, 하나님께서 나를 완전히 바꿔놓았기 때문입니다. 그날 새벽 나는 너무도 개인적으로 어려운 일들 때문에 단 하루도 살 수 없을 것만 같은 마음으로, 기도하다가 죽겠다는 마음으로 새벽마다 무릎을 꿇었어요. 그리고 두 손을 들고 그냥 죽겠다고 울부짖으며 기도했어요. 그런데 바로 그 순간 하나님이 나를 만나주셨습니다. 여러분, 하나님이 여러분을 만나는 게 뭔지 아직 모르겠지요? 내가 한 가지만 얘기하지요. 여러분은 하나님 만나는 순간 바로 완전히 다른 인간이 됩니다. 하나님을 만나고 나서도 똑같은 인간으로 산다면 그것이야말로 '기적'이에요. 나는 그날 이후 완전히 다른 사람이 되었어요. 그 후 어떤 어려움이 닥쳐와도 그냥 웃으면서 다 품고 해결할 수 있는 그런 새사람이 되었어요. 그런데 내가 만약 그날 새벽 자고 있었다면, 무릎 꿇고 기도하는 대신 쿨쿨 자고 있었다면 어떻게 되었을까요? 내 인생은 어떻게 됐을까요?"

나는 새벽마다 교회를 향하면서 그 목사님의 설교를 떠올린다. 그리고 그 목사님을 만나주셨던 하나님의 특별한 '새벽만의 은혜'가 내게도 부어지길 간절히 원한다. 물론 하나님은 정말로 특별한 방법으로 나를 만나주셨고 그날 이후 내 인생은 180도 바뀌었다. 그러나 그 만남은 새벽에 발생하지 않았다. 나는 하나님과의 '새벽의 만남'을 매일 새벽 욕망하며 교회를 향한다.

하나님의 말씀들 듣고 강단에 서는 순간 부족한 나를 통해서, 내가 전하는 하나님의 말씀을 통해서 달콤한 새벽의 잠을 이기고 이 자리에 온 귀한 성도들이 하나님을 만나는 기적이 이 새벽에 발생하기를 간절히 원한다.

이번 주간의 새벽 예배 설교는 '새벽기도의 유익함'이라는 제목의 시리즈 설교이다.

예수님께서 왜 미명, 그러니까 날도 밝기 전에 기도하셨는지 그 성경 구절 하나를 놓고 일주일 내내 주일 설교와 달리 친근한 어조로 새벽기도의 유익함을 성도들에게 나누고 있다. 여기 앉아 있는 한 명 한 명이 내 목회의 동역자, 그래서 언제 앞으로 내게 닥쳐올지 모르는 사탄의 시험과 외부의 공격에서 나와 교회를 지켜낼 동지로 자라기를 바라는 마음에 나는 그들에게 오늘 이 새벽에 마음을 다해 '새벽기도의 유익함 시리즈 2'를 전하기 시작했다.

"사랑하는 성도 여러분, 왜 예수님은 새벽에 기도하셨을까요? 많은 사람들은 그럽니다. 새벽에 기도해야 방해를 받지 않으니까, 라고요. 물론 맞는 말씀입니다. 하지만 생각해보십시오. 예수님 수준이, 예수님의 기도 수준이 주변에서 시끄럽다고 방해받을 그 정도의 수준이겠습니까? 사방에서 대포가 터져도 예수님은 미동도 하지 않고 집중해 기도하십니다. 그렇겠지요?(아멘이 이곳저곳에서 산발적으로 터진다.) 그럼 우리는 여기서 좀 더 생각해볼 필요가 있어요.

왜 예수님은 굳이 새벽 시간을 정해서 기도하셨을까?

여러분 우리는 성경을 해석할 때 가능한 한 하나님의 입장에서 보려고 노력해야 합니다. 우리 인간의 입장이 아닌 하나님의 입장에서 말이에요. 왜 예수님이 새벽에 기도하셨는가 하면 그것은 예수님이 하나님이 뭘 제일 좋아하시는지 알았기 때문입니다. 하나님은 예수님이 새벽에 일어나서 자신에게 오는 걸 좋아하셨어요. 여러분 눈 딱 뜨고 제일 먼저 하는 것, 제일 먼저 드는 생각, 그게 가장 중요한 거 아닙니까? 그게 우리에게 기도가 되어야 하는 거예요. 우리가 새벽에 일어나 밥 먹는 것도 중요하지만, 그것보다 중요한 게 바로 기도하는 겁니다. 그걸 우리 하나님이 제일 좋아하십니다. 하나님이 이렇게 좋아하시기 때문에 우리는 힘들어도 남들 다 자고 있는 이 시간, 해도 뜨지 않은 이 새벽에 이곳에 와 기도하는 거예요.

자, 이처럼 하나님이 좋아하시는 일을 하면 우리에게 무슨 일이 생길까요?

맞습니다. 축복을 받습니다.(아멘 소리가 좀 더 커졌다. 역시, 축복이란 단어의 힘은 막강하다. 오늘날 기독교의 핵심 키워드가 바로 축복 아니겠는가.)

과연 어떤 축복일까요?

첫째, 오늘 하루가 형통하고 잘되는 축복입니다. 일어나자마자 가장 먼저 하나님의 얼굴을 뵙고 기도한 사람의 하루가 어떻게 잘못될 수 있습니까? 잘못되면 그게 기적이지요. 하나님이 좋아하는 일을 한 여러분의 하루는 오늘도 형통할 것이다. 저는 이 말씀을 드리고 싶습니다.

둘째, 오늘 하루 여러분은 좋은 사람들을 많이 만날 것입니다. 어쩌면 그리워하던 친구를 만나게 될지도 모릅니다. 여러분은 오늘 진짜 멋진 사람들을 많이 만나게 되는 축복을 받습니다. 하나님이 자신이 좋아하는 일을 한 여러분에게 주는 축복입니다.

마지막으로 셋째, 이게 가장 중요합니다. 오늘 여러분들은 대단히 큰 비즈니스 계약을 하게 될 것입니다. 혹시 오늘 여기 계신 분들 중요한 거래 미팅을 앞두고 있는 분 계신가요? 믿으세요. 계약이 성사될 것입니다. 만약 오늘 안 된다고 해도 오늘이 그 계약의 씨가 되는 날입니다. 여기 세탁소 하시는 성도님들, 오늘 엄청난 물량을 맡기러 오는 손님들이 있을 것입니다. 믿으세요. 이것이 축복입니다.

매일 새벽 하나님이 가장 좋아하는 일을 하는 여러분께 하나님이 축복하시지 않는다면 하나님이 과연 누구를 축복하시겠습니까? 사랑하는 성도 여러분, 오늘 하루도 이런 놀라운 새벽기도의 축복을 경험하는 시간이 되길 바라겠습니다. 자. 이제 합심해서 자유롭게 기도하도록 하겠습니다.

쭈여 — 쭈우여 —!"

한때 나는 새벽기도에 나오는 성도들에게만이라도 기독교의 핵심 교리를 가르쳐야겠다는 순진한(?) 마음으로 교리 설교를 진행했던 적이 있었다. 그러나 나의 그 무미건조한 교리 설교가, 나만큼은 아니더라도 더 자고 싶은 유혹을 이기고 힘들게 교회까지 찾아오는 성도들에게 어떤 영향을 끼치는지 깨닫는 데는 그리 오랜 시간이 걸리지 않았다. 막 잠을 깨고 온 사람들이 굳이 교회의 딱딱한 의자에서 부족한 잠을 보충하고 싶어 하지 않는다는, 너무도 당연한 사실을 얼마 지나지 않아 깨닫고 나는 생각을 바꿨다. 그리고 어떤 설교를 해야 저 힘든 새벽 시간을 하나님께 바치는 성도들에게 가장 힘이 되고 위로가 될지 진지하게 고민을 거듭했다.

그러던 중 한국에서 새벽기도로 크게 부흥한 이름만 대면 누구나 아는 목사들의 새벽기도회 설교들을 경청하다가, 그들의 새벽기도 부흥(성공)의 비결이 다름 아닌 '축복 설교' 또는 '긍정 설교'에 있음을 알게 되었다. 나는 그날부터 조금씩 교리 설교에서 탈피해 새벽기도 설교에 변화를 주기 시작했다. 그리고 몇 주 지나지 않아 나의 새벽기도회 설교는 참석하는 성도들에게 삶에 대한 100퍼센트 동기 부여를 주는 데에 초점을 맞춘 설교로 완전히 새 옷을 입게 되었다. 그리고 이런저런 경로를 통해 들리던 새벽기도 설교에 대한 교인들의 수군거림도 자연스럽게 잦아들었다.

새벽기도 시간은 설교가 끝나면 내가 인도하는 잠깐 동안의 합심 기도 후 각자 개인이 남아서 자유롭게 기도하는 시간을 갖는다. 찬양, 설교, 합심 기도, 그렇게 다해야 30분이 채 넘지 않는다. 따라서 사람에 따라서는 길게 한 시간 동안 남아서 기도하기도 한다. 나는 보통 예배가 끝나면 강단 밑으로 내려와 혼자 30분 정도 우리말로 때로는 방언으로 기도하고 집으로 간다.

그런데 오늘은 아침부터 아주 부담스런 사람이 설교 강대상 바로 앞에 딱 앉아 있는 것이 아닌가? 혼자 건축 일을 하는 정 목기 집사였다.

'아니, 저 친구 한참 안 보인다 싶더니 또 왔네?'

오늘 아침 설교 내내 그 친구가 신경 쓰였다. 정 집사가 특별히 무슨 나쁜 해코지를 해서가 아니었다. 그 친구가 부담스런 이유는 딱 하나 그의 독특한 기도 때문이었다.

1년쯤 전 정목기 집사는 갑자기 새벽기도에 나타났다. 나는 평소에 못 보던 그의 출현에 마음이 고양되었다. 사실 새벽기도 인원이 한 명 늘어나기란 결코 쉬운 일이 아니었기 때문이었다. 딱딱한 교리 설교를 축복 설교로 바꾸었지만 새벽기도에 참석하는 성도는 생각만큼 금방 늘어나지 않았다. 교리 설교로 새벽기도를 진행하던 중에 떨어져 나갔던 성도들이 그나마 다시 새벽기도를 찾게 된 것만 해도 내게는 큰 위안이었다. 사실 주일 출석 인원이 300명 남짓한 우리 교회 수준에서 새벽기도 참석 인원은 한계가 있기 마련이다.

그런데 문제는 그가 처음 모습을 나타냈던 그날, 새벽기도 참석 인원이 늘었다고 내심 쾌재를 부르던 바로 그 순간 터졌다. 예배가 끝나고 그렇게 많지 않은 사람들이 남아서 입 밖으로 소리 내 기도하는 통성 개인 기도를 하는 시간이었다. 말이 통성이지 대부분의 사람들은 고개를 자기 앞 의자에 처박고 자신만이 들을 수 있는 소리로 기도하는 것이 보통이었다. 따라서 비록 통성 기도를 하는 사람 옆에 앉아 있다고 해도 들리는 것은 그냥 웅웅거리는 소음 수준일 경우가 다반사였다. 그런데 그런 웅웅거리는 소음들 속에서 우렁찬 목소리 하나가, 그것도 또렷한 발음으로 들려왔다. 처음에는 기도에 집중하느라 그게 무슨 소리인지 몰랐다. 그런데 갑자기 100퍼센트 리스닝이 되는 명확한 한국말

통성 기도가 교회 전체에 울려 퍼지는 중이었다. 그 목소리의 주인공은 다름 아닌 새벽기도에 처음 온 정목기 집사였다.

"하나님, 죽겠습니다. 하나님, 그 여자의 다리만 보면 미칠 거 같습니다. 그 여자를 갖고 싶습니다. 그 여자를 안고 싶습니다. 내 허벅지를 바늘로 찔러도 안 됩니다. 하나님, 어떻게 해야 합니까? 저는 아내가 있습니다. 아내에게 상처를 줄 수 없지 않습니까? 하지만 하루 종일 온통 내 머릿속에는 그 여자를 안고 싶다는 생각뿐입니다. 하나님, 하나님, 제발 좀 도와주십시오. 하나님, 미칠 것만 같습니다. 하나님."

그는 진심을 다해 온몸으로 절규하고 있었다. 그런데 그 절규가, 그 기도가 너무도 또렷이 주변 사람들에게 들린다는 것이 문제였다. 그 마음이 이해가 안 되는 것은 아니었다. 정 집사는 정말로 간절한 마음으로 자신의 문제를 해결하고자 새벽기도에 왔으리라. 그 마음을 목사인 내가 모르면 누가 알겠는가? 나는 첫날은 그냥 모른 체하고 지나갔다. 인간이 자기 힘으로 어쩔 수 없는 문제를 가지고 하나님 앞에 기도하지, 누가 사람에게 기도하겠는가? 남들 귀에 듣기 좋은 내용만 읊으면 기도가 아니지 않은가? 나는 목사로서 정 집사의 너무도 순진하고 순수한 그 기도를 하나님이 받고 응답해주시기를 기대했다. 그런데 문제는 그렇게 간단하지 않았다.

정 집사는 그다음 날도 또 그다음 날도 새벽기도에 참석해 같은 내용의 기도를 너무도 또렷하게 통성으로 기도했다. 서서히 교회 내에서 이상한 소문이 퍼지기 시작한 것도 그즈음이었다. 정 집사가 안고 싶어서 미칠 것 같은 마음에 그로 하여금 평생 얼씬도 않던 새벽기도까지 하도록 만든 그 '문제의 여자'가 누구인가를 놓고 사람들마다 모여서 추측성 발언들을 쏟아내는 심각한 상황에 이른 것이었다. 교회란 곳은 세상에서 둘째가라면 서러울 정도로 말이 많은 곳이다. 특히 미국 한인 교회의 경우는 그 정도가 더욱 심하다. 무엇보다 교회에 대한 부정적인 소문이 나기 시작하면 그 소문은 꼬리에 꼬리를 물고 더 이상 통제하지 못할 정도로 자체 왜곡 발전을 한다. 우리 교회의 무엇보다 소중한 새벽기도회 시간이 정 집사의 기도 때문에 이상한 소문이 나도는 진원지가 되도록 놔둘 수는 없었다.

나는 마침내 정 집사를 만나 알아듣도록 타일렀다. 그리고 아무리 기도가 진실하고 순수해도 사람을 시험에 빠뜨릴 수 있으니 그런 사적인 내용의 기도는 은밀하게 했으면 좋겠다고 조언했다. 정 집사는 알겠다는 듯이 고개를 끄덕이면서도 말했다.

"하지만 목사님, 기도하다가 정신이 집중되면 나도 모르게 말이 입 밖으로 터져버립니다. 내가 그렇게 소리를 내는 지도 몰랐습니다. 너무 간절히 기도하다 보니……."

그는 금방이라도 울 것 같았다. 오죽 힘들었으면 그랬을까…… 정 집사의 모습에 나도 모르게 마음이 짠해져 그의 손을 잡고 함께 그의 문제를 위해 기도했다. 기도를 마친 후 나는 호기심을 참지 못하고 정 집사에게 물었다.

"그런데 집사님, 집사님께서 그동안 꾸준히 새벽기도에 참석하셨는데요. 집사님의 기도에 하나님께서 응답하셨습니까? 이제는 좀 마음이 안정이 되시나요?"

목사인 나도 궁금해서 견딜 수가 없었다. 차마 그 여자가 누구냐고는 정 집사에게 물을 수 없었지만 최소한 새벽기도를 통해 그의 문제가 해결되었는지는 알 필요가 있었다. 만약에 정 집사의 이 '심각한 문제'가 새벽기도를 통해 해결되었다면 그 것은 어쩌면 새벽기도를 홍보하는 데에 중요한 자료가 될 수도 있었기 때문이었다. 잔뜩 기대를 머금은 얼굴로 자신을 바라보는 나를 향해 정 집사는 고개를 저었다. 아니, 그는 오히려 더 절망적인 표정을 지을 뿐이었다. 나는 실망감을 최대한 내색하지 않고 조심스레 다시 물었다.

"집사님, 그래도 부인 집사님은 정 집사님이 무슨 기도 하는지 모르시죠? 정 집사님이 이런 고민하시는 거…… 게다가 정 집사님께서 너무도 공개적으로 기도를 하시니까, 행여 사람들 통해서 말이 부인 집사님께 들어갈까 봐 저는 걱정이네요."

그러나 정 집사는 별 개의치 않다는 듯 태연한 표정으로 대답했다.

"상관없습니다, 목사님. 내가 무슨 죄를 지은 것도 아니지 않습니까? 마음속으로 욕망이 일어나는 걸 어떡합니까? 그래서 내가 그 마음을 없애려고 이렇게 기도하고 있지 않습니까? 그러니 아내가 알든 모르든 무슨 상관입니까? 나는 아내에게 하나도 부끄러운 거 없습니다. 만약 아내가 내 마음속에 든 생각 때문에 나를 욕한다면, 이렇게 그 마음을 없애려고 발버둥 치고 있다는 걸 알면서도 욕한다면 저도 아내에게 묻고 싶습니다. 당신은 마음속으로 어떤 죄도 지은 적 없냐고요."

너무도 당당한 정 집사의 태도에 도리어 질문을 한 내가 당황스럽기까지 했다.

"집사님, 마음으로 짓는 죄도 다 똑같은 죄입니다. 예수님께서는 마음속으로 여자를 보면서 음욕을 품은 자는 몸으로 죄를 지은 것과 똑같다고 하지 않으셨습니까?"

이런 식으로 목사다운 모범답안을 말할 만큼 내가 뻔뻔하지 않았다.

나는 어떤가? 정 집사보다 더하면 더했지 결코 덜하지 않다. 나는 하루에도 수십 번씩 내 앞을 스쳐가는 여자들을 보며 이런저런 상상을 하지 않는가? 내가 정 집사와 다른 점이 있다면 정 집사처럼 내 마음속의 욕망을 전혀 죄로 생각하지 않는다는 점일 게다. 따라서 나는 정 집사처럼 내 마음속의 죄 때문에 간절히 기도하지 않는다. 나라는 인간은 정 집사처럼 남들 앞에서 떳떳할 수도 없을뿐더러 무엇보다 정 집사처럼 순수하게 하나님이 해결해주리라는 믿음 따위도 없는 삭막한 신앙의 소유자인지도 모른다. 비록 겉으로 드러나는 신분은 내가 목사이고 정목기는 집사에 불과할지라도.

그랬던 정 집사였다.

그는 그 이후로도 비록 교회 주일 예배에는 빠지지 않았지만 새벽기도는 그날 나와의 만남 이후 나오지 않았다. 바쁘기도 했지만 그에게 어떻게 되었는지 물어볼 엄두가 나지 않아 그냥 매 주일 마주쳐도 건성으로 인사만 하고 말았다. 어쩌면 정 집사의 순수한 신앙에 비춰지는 나의 위선된 모습이 싫어서 그랬는지도 몰랐다.

그런 정 집사가 오늘 새벽기도에 돌연 나와 저렇게 떠억 앉아 있는 것이다.

그리고 정 집사의 출현을 눈치챈 이는 비단 나만이 아니었다. 새벽기도의 정규 멤버들은 이미 정 집사의 출현에 나름의 기대를 품고 설레는 표정으로 서로 쑥덕거리는 모습이 멀리서도 느껴질 정도였다.

'아, 오늘 이 정 집사는 도대체 무슨 기도를 또 모두가 들을 수 있도록 청아하게 낭송해줄까? 매일매일 지루한 일상이 반복되는 이 이민 생활에 우리 정 집사는 또 어떤 기쁨을 가져다 줄까? 혹시 이번에는 좋아하는 남자가 생겨서 나온 것은 아닐까?'

교인들이 이런 생각들이 마치 내 귀에 들리는 것만 같았다. 나는 내심 불안했다. 무엇보다 내 사역에 있어서 너무도 중요한 새벽기도 시간이 한 인물로 인해 망친다는 것이, 웃음거리가 된다는 것이 나로서는 참을 수 없었다. 그가 가진 문제가 본인에게 아무리 심각하고 절실하다고 해도, 하나님을 향한 그의 믿음이 아무리 순수하다고 해도 많은 사람들이 함께 모이는 공공 예배에서는 반드시 지켜져야 하는 선이 있는 법이다. 만약 오늘도 그가 지난번과 같은 식으로 모두에게 들리도록 기도를 한다면 기도 중간에라도 그를 조용히 데리고 나가리라 작정을 하고 처음부터 그를 주시했다.

정 집사는 한참동안 고개를 숙인 채 아무런 소리 없이 기도했다. 그러더니 얼마 지나지 않아 그는 어깨를 심하게 들썩이며 흐느끼기 시작했다. 그리고 시간이 갈수록 그 흐느낌은 아예 통곡으로 바뀌었다. 아니, 그건 통곡을 넘어선 절규의 울음이었다. 나는 안 되겠다 싶어 급히 그에게로 가 조용히 그를 일으켜 담임 목사 방으로 데리고 갔다. 다른 신도들이 기도에 집중할 수 없을 정도로 그의 흐느낌이 격렬했던 것이다.

잠시 그에게 시간을 주었다. 그가 감정을 좀 추스르는 듯해 기다렸다는 듯이 말문을 열었다.

"집사님, 많이 힘드시죠? 우리가 그때 같이 얘기하고 기도했던 게 엊그제 같은 데 벌써 꽤 많은 시간이 흘렀네요. 하지만 저는 집사님께서 새벽기도에 못 나오시는 동안에도 생각날 때마다 집사님을 위해 기도했습니다. 오늘 새벽 이렇게 집사님을 다시 뵈니까 정말 좋았습니다. 그런데 집사님 왜 그렇게 힘들게 우셨습니까? 뭐가 잘 안 되었나요?"

정 집사는 처음에는 뭐라고 우물거리는 듯 말을 해서 알아들을 수가 없었다. 마침내 내가 알아들은 그의 말은 이것이었다.

"목사님, 이제 다 끝났어요. 떠났습니다. 그 사람이 떠났어요."

떠나다니?
죽었다는 소리인가?

"아니, 집사님, 무슨 말씀인지 좀 더 자세히 얘기를 해보세요. 떠나다니요. 아니 솔직히 한번 물어봅시다."

나는 숨을 한 번 크게 들이쉬었다.

"정 집사님, 집사님으로 하여금 그런 기도를 하도록 한 그 여자 분이 도대체 누굽니까?"

나는 마침내 호기심을 이기지 못해 묻고 말았다. 내 질문에도 한참 바닥만 뚫어져라 바라보던 정 집사가 작심한 듯 말을 내뱉기 시작했다.

"한 2년 전에 한국에서 시카고로 온 여자입니다. 애가 둘이 있어요. 한 녀석은 꽤 크고 둘째는 좀 어린데, 한국에 남편을 두고 왔습니다. 자세한 사정은 저도 잘 모릅니다. 한국의 남편과는 문제가 있어서 아들들만 데리고 여기에 온 것 같습니다. 그런데 여기 와서까지 이런저런 가게에서 힘들게 일하는 걸 보면 한국에 있는 남편이 경제적으로 제대로 서포트를 하는 것 같지는 않더라고요."

한국에 사는 남편과 떨어져 아이들만을 데리고 따로 사는, 소위 말하는 기러기 가족들만 해도 시카고에 한두 집이 아니었다. 그리고 정상적으로 남편이 한국에서 일하면서 미국의 가족을 경제적으로 지원하는 기러기 가족은 생각보다 많지 않았다. 남편으로부터 경제적인 지원을 받지 못하는 적지 않은 수의 기러기 가족 중에는 서류상으로는 부부이나 사실상 이혼 상태나 다름없는 부부들도 많았다. 게다가 신용불량이나 부채와 같은 문제로 남편의 미국 비자가 안 나와 나머지 가족만 한국을 떠나 기약 없는 생이별 중인 가슴 아픈 사연을 지닌 가족들도 드물지 않았다. 당장 우리 교회만 해도 그런 식의 기러기 가족이 대여섯 집은 되니까.

"그런데 목사님도 아시지만 제가 집을 고치지 않습니까? 누군가의 소개로 그 여자분 집에 뭘 좀 고치러 갔는데 저는 처음 보는 순간부터 그분을 제 마음에서 지울 수가 없었습니다. 저는 이 나이 먹도록 그런 느낌은 처음이었습니다. 정말로 영화에서나 있는 일인지 알았는데 그런 일이 제게 생길 거라고는 상상도 못했습니다. 그런데, 그런데……."

정 집사는 또 울기 시작했다. 별 수 없었다. 진정할 때까지 기다리는 수밖에는.

"그런데 제가 처음부터 너무 육체적으로만 그분을 갈망해서 이런 게 아닌가 싶어서 미칠 것만 같았습니다. 육체적이 아니라 정신적으로 그분을 원했더라면, 아니면 교회를 안 나가는 그분의 영혼을 먼저 생각해서 그분을 위해 기도했더라면 그분이 이렇게 떠나지는 않았을 텐데 하는 마음에 미칠 것만…… 흑흑흑……."

도대체 무슨 소리인가? 떠났다니.

"집사님, 혹시 그분에게 무슨 사고가 났습니까? 그럼 남은 애들은 어떻게 되는 거죠?"

정 집사는 잠시 의아하다는 듯 나를 보더니 눈물을 훔치며 말했다.

"사고는 아니고요, 그분이 결혼을 했습니다. 그것도 외국인하고요. 그러고는 타주로 떠났어요."

난 그제야 일이 어떻게 된 건지 그동안의 상황이 명확히 머릿속에 그려졌다. 흔한 일이었다. 미국 내에서 사는 데 가장 중요한 '영주권'이 없는 경우, 결국 가장 쉽게 그 영주권을 취득하는 길은 미국 시민과 결혼하는 것이다. 이 영주권은 사실상 부모에게 필요하다기보다는 미국에서 앞으로 공부하고 살아야 할 자녀들에게 더 중요한 문제이다. 그렇기에 부모는 무슨 수를 써서라도 영주권을 취득하기 위해 백방으로 뛰기 마련이다.
뻔한 스토리였다.

정 집사는 분명 이미 공사가 끝났음에도 애프터서비스란 핑계로 몇 번이고 그 집에 찾아갔을 것이다. 그리고 그 여자의 얼굴을 힐끔 훔쳐보는 것만으로도 가슴을 떨었을 테고. 정 집사 성격상 그녀에게 온몸이 불덩이처럼 달아올랐다 해도 눈길이나 변변히 보낼 수 있었을까? 아마 손 한번 잡지 못했을 것이다. 그러고는 그 견딜 수 없는 욕망이 주는 죄책감에 평소 오지도 않았던 새벽기도에 와 자신도 모르게 절규의 기도를 바쳤던 것이다. 그러던 그도 분명 어느 순간 나름의 타협을 했을 것이다. 이미 결혼하고 자녀도 여럿을 둔 자신이 그녀를 위해 할 수 있는 게 아무것도 없으니 말이다.(정 집사도 시민권자이기는 하다.)

그녀와 같은 하늘 아래 산다는 것만으로, 또 그녀를 멀리서나마 바라볼 수 있다는 것만으로 만족하며 살겠노라고 어느 순간 스스로에게 족쇄를 채웠을 것이다. 비록 그것이 말처럼 결코 쉽지 않았겠지만. 하지만 그녀가 이 지역을 떠나 멀리 타주로 가는 것은 전혀 다른 차원의 문제였다. 정 집사와 같이 순진한 50대의 남자에게는 말이다.

그 소식에, 다른 남자의 여자가 되어 멀리 간다는 그 소식에 그는 도저히 견디지 못하고 오늘 새벽, 이렇게 다시 새벽기도를 찾은 것이었다. 나는 왜 시카고 한인사회의 좁은 바닥에서 그 여자의 정체가 드러나지 않는지도 궁금했는데 오늘에야 그 답을 알았다. 그것은 그 여자가 교회에 다니지 않았기 때문이었다. 사실 시카고 한인들 중 교회를 다니는 사람들은 생각보다 많지 않다. 그리고 교회를 다니는 사람들에게 교회 울타리 밖의 한인들은 어떤 의미로 현지 미국인보다 더 먼 존재이기도 하다. 삶이 오로지 교회를 중심으로 진행되는 교인들로서는 교회를 다니지 않는 사람들과는 물리적 만남 자체가 극히 제한되어 있다. 그런 의미에서 교회를 다니는 교민들과 교회를 다니지 않는 교민들 사이에는 보이지 않는 거대한 벽이 놓여 있다고 해도 과언이 아니다. 교회에서 일어나는 수많은 일들은 교회 다니지 않는 사람들도 이런저런 경로를 통해 쉽게 접하지만 그 반대는 전혀 이루어지지 않는다. 즉 교회 다니니 않는 사람들에 대한 이야기는 거의 교회 안에서 유통되지 않는다. 아무리 한국에서 유명한 인물이 미국에 왔다고 하더라도 만약 그 사람이 교회를 다니지 않는다면, 그 또는 그녀의 존재는 상당 기간 수면 밑에서 감추어질 수도 있는 것이 한인 교회 사회의 특징이다.

나는 진심에서 우러나는 측은함을 품고 정 집사를 바라보았다.

"목사님, 그렇지요? 제가 너무 육체적으로만 그녀를 탐해서 하나님이 지금 날 벌주시는 거죠? 너무나 그녀의 육체만을 갈망해서 하나님이, 하나님이⋯⋯."

나는 정 집사의 이 '순진한' 질문에 뭐라고 답해야 할지 순간 난감했다.

"집사님, 이 세상에 여자를 육체적으로 탐하지 않고 영적으로만 탐하는 사람이 있다면 그 사람은 비뇨기과 내지 정신과를 가야 합니다."

목사인 내가 정 집사와 같이 순진한 성도를 향해 이렇게 '정직한 직구성 대답'을 날릴 수는 없는 노릇이었다. 유감스럽지만 결국 이런 질문에 대한 답은 오답도 아니고 정답은 더더욱 아닌 애매모호한 답이 최고이다. 나는 정 집사의 손을 붙잡으며 말했다.

"집사님, 하나님의 그 깊으신 뜻을 저희가 어찌 다 알겠습니까? 하나님은 집사님의 상처 입은 마음을 알고 계십니다. 그리고 집사님이 기억해야 할 것은 하나님은 반드시 모든 것을 다 놓치지 않고 모아서 결국에는 좋은 것으로 집사님에게 주신다는, 그런 좋은 하나님이라는 사실입니다. 이것을 잊으면 안 됩니다. 집사님이 오늘 새벽기도한 것도 하나님은 잊지 않으십니다. 하나님 안에서는 모든 것이 합력하여 결국은 우리가 미처 상상도 하지 못한 선을 이루지 않습니까? 이것보다 중요한 사실은 없습니다. 우리는 그냥 그런 하나님을 믿고 기도할 뿐이지요. 제가 집사님을 위해 기도하겠습니다."

나는 어쩔 수 없이 형식적이고 모범답안 같은 기도를 정 집사와 함께한 후 그를 다시금 추슬러 집으로 돌려보냈다.

오전 7시 55분

보통 7시 전이면 집에 도착해 아침 식사를 하는데 오늘은 정 집사 사건(?) 때문에 집에 오니 시계가 거의 8시를 가리키고 있었다.

"정 집사님하고 얘기하셨죠?"

아내는 이미 다 안다는 투로 말을 걸었다.

"그렇지, 뭐…… 아이고 배고프네. 빨리 뭐 좀 먹읍시다. 애들은 다 어디 갔나?"

"어제 교회 수련회 갔잖아요? 내일 오후나 돼야 집에 돌아올 거예요."

"아, 참 그랬지. 정신이 없어. 수련회 떠날 때 내가 기도해줘 놓고…… 아무래도 정 집사 사건이 사람을 멍하게 만들어놓는 모양이야."

나는 밥을 먹으며 아내에게 간단하게 정 집사 얘기를 했다.

"참, 가슴 아프지? 당신도 생각날 때마다 정 집사를 위해서 기도 좀 해줘요."

아내를 향해서도 교회의 여자 집사 대하듯 말하는 목사 남편이라니……, 마침내 아내가 나에게 직격탄을 날렸다.

"당신도 혹시 정 집사처럼 안고 싶어서 미칠 것 같은 여자 신도가 교회 안에 있는 거 아니에요? 당신도 꽤 있을 거 같은데? 당신은 그 문제를 놓고 하나님 앞에서 기도는 하세요? 정 집사만큼이나 솔직하게?"

나는 순간 숟가락을 내려놓고 정색을 하고 아내를 쳐다보았다.

'이게 도대체 뭔 소리야? 오늘 아침은 왜 다들 이런 거야? 정 집사도 모자라 평소에 얌전하던 이 여자까지……'

"당신 무슨 말을 그렇게 해? 아침부터 농담이 지나치다고 생각하지 않아?"
"당신 며칠 전 30대 여전도회에서 뭐라고 했는지 기억 안 나요?"

'무슨 소리지? 여전도회? 내가 거기서 뭐라고 했지?'

순간 기억을 더듬어봐도 딱히 떠오르는 게 없었다.

'내가 거기서 무슨 실수한 건 없는 것 같은데……'

"당신이 거기서 담임 목사는 모든 여자 성도의 애인이나 마찬가지다, 라고 했다면서요?"
"아! 그거…… 아니, 그거야……"

"아니, 당신은 도대체 무슨 생각으로 거기서 그런 말을 한 거예요? 여집사들 사이에서 당신이 너무 인기가 좋은 거 같아서 그런 거예요? 차 집사가 그 말을 내게 전해줄 때 내가 얼마나 민망했는지 알기나 해요? 공적인 자리에서 할 말과 못할 말을 가리지 못해요?"

"당신도, 참. 그거야 내가 당신 위해서 한 말이지. 그만큼 당신을 향해 질투의 눈을 보내는 사람들이 많은 거 같아서 말이야. 목사 사모는 보통 목사를 너무 좋아하고 존경하는 교인들 때문에 교회 생활이 힘든 부분이 있으니까 여러분께서 사모를 향해 긍휼한 마음을 가지고 좀 잘해주세요, 그런 뜻에서 한 말이지. 난 또, 무슨 소리를 가지고 그런다고."

"아니, 당신은 그게 제정신으로 할 소리예요? 그럴 작정이었음, 여러분 목사 사모가 생각보다 힘든 자리입니다, 사모에게 잘해주세요. 그렇게 말하면 끝나지, 뭐, 당신이 모든 여성도의 애인? 이게 교회에서 할 소리예요? 그리고 누가 나를 향해서 질투의 눈길을 보낸다고 그래요? 사람들이 내가 어떻게 사는지 조금이라도 알면……."

아내가 더는 말을 잇지 않았다. 아무래도 내가 꼬리를 내리는 것이 나을 성싶었다. 사실 듣기에 따라 아무 말도 아니라고 치부할 수 있지만 또 그렇다고 해서 도움될 말도 아닌 하나 마나 한 소리였던 것은 사실이다. 사실 내가 얼굴이 좀 괜찮게 생겼다. 목소리도 괜찮고 그러다보니 찬양 소리도 나쁘지 않고…… 우리 교회가 다른 교회에 비해 유난히 30대 여성도들이 많은 것도 나의 외모가 갖는 장점과 관련 없지 않으리라는 것이 내 판단이다. 그러다보니 나도 모르게 여자들 앞에 서면 좀 '까부는 경향'이 순간순간 나오곤 한다. 그날도 그런 경우였다. 내가 농담 삼아 한마디 던지면 까르르 웃는 젊은 여자들을 볼 때마다 나도 모르게 제정신을 못 차리는 것이다.

아내가 평소에 바가지를 긁는 사람이었으면 내가 쉽게 물러서지 않겠지만 아내는 전혀 그런 사람이 아니다. 한마디로 곰에 가까운 우직한 여자이다. 이 여자가 오늘 이렇게까지 나온 것은, 물론 그동안 쌓인 앙금들도 있겠지만, 아이들도 없는 상황에 정 집사 일까지 겹쳐 폭발했음에 틀림없다.

"여보, 미안해. 당신 말이 다 맞다. 내가 잘못했어…… 내가 부족했어. 당신도 알잖아. 내가 얼마나 부족한 사람인지. 정말 은혜 없이는 하루도 못 사는 사람이잖아. 하지만 내가 무슨 의도가 있어서 그런 소리 한 건 정말 아니야. 그건 당신 알아야 해. 미안해, 여보…… 내가 좀 더 기도하고 좀 더 성숙하도록 할게."

이 정도면 내가 할 수 있는 사과 중에서 최상의 사과이다. 아내도 그걸 안다. 아내는 더 이상 문제 삼지 않고 아침상을 마저 차렸다.

사실 말이 나왔으니 하는 소리지만, 교회 내에서 내가 애써 피하려고 해도 자꾸 눈이 가는 여자가 한둘 있기는 하다. 설교 시간 앞에 서서 내려다보면 300여 명의 성도들의 얼굴이 다 한눈에 들어온다. 그럼 꼭 한두 명의 얼굴이 두드러지고 자꾸 그들에게 눈길이 가곤 한다. 나중에 보면 다 30대 초반에서 중반인 젊은 여집사들이다. 내가 이 여집사들을 떠올리며 새벽에 정 집사와 같은 기도를 한다면 어떻게 될까? 순간 나도 모르게 혹시나 아내가 지금 내 생각을 읽은 건 아닌지 싶어 아내를 흘깃 쳐다보았다. 다행히 아내는 다른 곳을 보고 있었다. 이런 나의 약점을 너무도 잘 알기에 나는 결코 심방을 갈 때 혼자 가지 않는다. 특히 여자 혼자 사는 집은 가능하면 아내와 함께 심방을 가고 여의치 않을 경우 부목사를 꼭 대동하고 간다. 그리고 어떤 여집사와도 교회 밖에서 단 둘이 만나는 약속은 하지 않는다. 꼭 만나야 하면 교회에서 잠깐 만나곤 한다. 아내도 나의 이런 목회 방식을 익히 알기 때문에 나의 사과에 바로 수그러들 수 있었다.

오전 9시 30분

아침을 먹고 잠시 쉰 후 나는 다시 교회로 향했다. 나는 단 하루도 아침을 집에서 빈둥거리며 보낸 적이 없다. 매일 아침 정해진 시간에 반드시 교회 사무실로 출근하기, 그것은 내가 스스로와 한 약속이고 내가 이 교회의 담임 목사로 오면서 하나님께 드린 약속이기도 했다. 내가 아침에 출근하는지 안 하는지 감시하는 사람은 아무도 없다. 막말로 내가 아침에 눈 좀 붙이고 온다고 해도 나에게 잔소리할 사람은 없다. 그러나 나는 결코 그러지 않는다. 비록 많지 않은 300여 명의 교인이지만 이 사람들의 영혼을 책임지는 목사로서 지켜야 할 최소한의 성실함은 있어야한다고 믿기 때문이다. 게다가 오늘처럼 매주 화요일 아침 10시에는 주간 교역자 회의가 예정되어 있어 더 서둘러야 한다.(교회 목사들은 일반 직장인들과 달리 월요일이 공식 휴일이다.) 그런데 오늘은 정 집사 때문에 가뜩이나 시간이 뒤로 밀려서 아침 식사를 마치자마자 집을 나섰다.

우리 교회는 나 외에 풀타임 목사 두 명과 파트타임 목사 두 명 그리고 행정 담당 여성 전도사가 있다.(즉 담임 목사인 나 외에 다섯 명의 부교역자가 있다는 말이다.) 나를 포함한 총 여섯 명이 매주 화요일 아침에 모여 주간 회의를 갖는다. 나는 주간 교역자 회의를 할 때마다 어떤 말로도 표현이 안 되는 묘한 답답함을 느낀다. 부교역자들인 이들이 조금만 받쳐주면 지금 300명의 출석 성도가 1000명은 몰라도 500명까지는 금방 올라갈 것 같은데 그게 되지 않고 있다. 분명 시카고에 정착하는 한국 교포들은 아주 급격하지는 않지만 조금씩 늘고 있음이 분명한데도 여전히 우리 교회는 지난 몇 년째 300명에 정체되어 있는 이 상황이 안기는 답답함이다.

'왜 이들은 자신이 담임 목사라는, 그런 주인의식을 갖고 일을 못하는 거지? 왜 이들은 그냥 이번 달도 월급만 이상 없이

나오면 만사 오케이라는 식으로 일하는 거 같지? 이런 생각이 드는 내가 이상한건가?'

매번 회의 때마다 나는 무엇인가 모든 것이 겉도는 듯한 느낌에 자주 짜증을 내곤 한다. 사실 이런 짜증은 사실상 나 자신을 향할 때가 가장 많다. 결국 어떻게 보면 매일 새벽 죽을 것 같은 마음으로 일어나 새벽기도회를 인도하며 발버둥을 치는데도 불구하고 늘지 않는 교인 수가 주는 스트레스이다. 어차피 부교역자들이란 몇 년 안에 다 떠날 사람들이다. 결국 교회 성장의 성패는 담임 목사인 내 손에 달려 있다. 결국 나의 무능이 모든 문제의 원인인 것이다. 나는 가볍게 한숨을 쉬며 회의를 시작했다.

"박 목사님, 그래 이번 주 주일 출석 분석한 거부터 보고해주세요."
"네, 목사님, 이번 주 주일 예배 장년 출석이 266명입니다. 요즘 여름 휴가철이 되어서 출석수가 좀 빠졌습니다."

나는 황망했다.

'어쩐지 자리가 좀 많이 비어 보인다 했더니…… 아니 아무리 그래도 그렇지, 266명?'

"아니, 박 목사, 아무리 휴가라고 해도 그렇지 올해 300명 밑으로 내려간 적은 거의 없지 않아? 뭔가 다른 요인이 있는 거 아니야?"

나도 모르게 짜증 섞인 반말이 튀어나왔다.

"아닌 거 같은데요……."

"이봐 박 목사, 당신 하는 일이 뭐야? 목양 담당 아니야? 아니면 아니고 기면 기지, '아닌 거 같은데요'는 또 뭐야? 무슨 대답이 그렇게 애매모호해? 박 목사, 당신 지난주에 휴가 가서 못 나온 가정들은 다 파악하고 있나? 도대체 몇 집이, 아니 어느 집이 휴가를 떠났나?"

박 목사는 얼굴이 벌개져서 아무 말도 못하고 들고 온 종이만 만지작거리고 있었다. 나는 도대체 박 목사가 들고 있는 종이에 무엇이 쓰여 있을지 당장 달라고 하고 싶었다. 그러나 참았다. 뻔할 뻔자였다. 분명 '266명', 이게 다일 테니. 보고 나면 오히려 내 속의 분노만 더 커질게 분명했다. 목양 담당이라는 자가 저 따위로 성도들 가정을 제대로 챙기지 못하고 있으니 무슨 일이 제대로 돌아가겠는가?

"목사님들, 아니, 이 양반들아. 제발 정신 좀 차려요. 우리 교회가 무슨 만 명이 나오는 교회입니까? 300명이야, 300명……아빠, 엄마, 할머니, 이모 다 합치면 고작해야 한 예순 가정 나오는 교회라고요. 그런데 이 중에서 어느 가정이 휴가를 가는지도 모르는 목양 담당 목사가 세상에 어디 있나? 이게 말이 된다고 생각해요? 내가 평소에 늘 하는 말이 뭡니까? 말하고 또 말하는 게 뭐예요? 최선의 목회는 문제가 터지기 전에 미리 예방하는 거라고 도대체 몇 번을 말해야 하나고? 생각해보세요. 도대체 이런 정신 상태로 예방 목회가 어떻게 가능합니까? 일단 교인들 가정 상황을 제대로 알고 있어야 예방이고 뭐고 할 거 아니에요? 휴가 가는 거, 중요하지 않을 수도 있어. 하지만 한 가정을 소중하게 생각하는 것이 바로 목사의 직분 아니냐고요? 그게 사역의 본질 아니냐고? 도대체 다들 생각들을 어디에 두고 사는 거야? 도대체 무슨 생각으로 사역을 하는 거냐고?"

나는 들고 있던 책을 테이블에 내려치면서 소리를 질렀다. 순간적으로 300명 밑으로 떨어진 교인 출석수에 필요 이상으로 흥분하고 말았다. 나는 다시금 스스로를 다잡으며 말을 이어갔다.

"오해할까 봐 얘기하는데, 내가 사람 수 때문에 이러는 게 아닙니다. 사람 수는 얼마든지 늘 수도 있고 줄 수도 있어요. 하지만 중요한 건 당신들의 목회 태도야. 목양하는, 말 그대로 우리 교회에 출석하는 양들을 섬기고 케어하는 그 자세란 말이야. 그 자세가 내가 볼 때 제대로 안 돼 있으니까 내가 이렇게 실망하고 분노하는 거야."

분위기를 조금 더 가라앉힐 필요가 있었다.

"내가 얘기를 하나 하지요. 목사님들 다 정 집사님 알지요? 공사하는 분 말이에요. 그분이 근 일 년 전에 새벽기도 오셔서 소동을 일으킨 일은 다 알고 있을 겁니다."

고개를 푹 숙이고 분명 아무것도 쓰여 있지 않을 메모지만 만지작거리는 박 목사를 제외한 부교역자들이 '당연히 정 집사 소동이야 다 알지요'라는 표정으로 나를 보았다. 그들은 정 집사가 오늘 새벽, 일 년 만에 다시 새벽기도회에 등장한 사실을 이미 알고 있음이 분명했다.

"오늘 새벽기도에 참석하신 교역자들도 여기 있지만, 아무튼 사실 일 년 전에 잠시 이상한 소문이 돌았던 정 집사님 건은 그야말로 해프닝에 불과했어요. 그때 잠깐 시끄러웠지만 사람들은 금방 잊었잖아요? 그런데 내가 여러분들한테 하나 물어보고 싶은 게 있어요. 여기 있는 교역자들 중에 그 사건 이후로 정 집사에게 관심을 가진 사람 한 명이라도 있어요? 있으면 손 한 번 들어봐."

나는 일 년 전에도 목양을 담당했던 박 목사를 가장 먼저 보았다. 박 목사는 떨구고 있던 고개를 더 깊이 아래로 파묻었다.

"봐, 이러니까 안 된다는 거예요. 이러니까 목양이 안 잡히는 거라고. 나는 그 사건이 터졌을 그때 영적으로 딱 이건 아니다 싶어서 정 집사를 만나 그분의 사정 얘기를 듣고 함께 기도하는 시간을 가졌어요. 그러고 나서 내가 볼 때 정 집사 문제는 해결이 되었고 오늘 새벽 정 집사는 사실상 하나님께 감사하다는 기도를 하기 위해 새벽기도에 온 거라고요. 그래서 내가 새벽기도 후에 정 집사와 따로 내 방에서 만나 같이 얘기하고 또 기도하는 시간을 가졌어요. 정 집사님의 얘기를 듣는데 얼마나 감격되고 가슴이 벅찼는지 몰라. 이 사람들아, 내가 시간이 남아돌아서 그러는 줄 알아? 이게 다 뭘 의미합니까? 이게 예방 목회에요. 내가 계속 얘기하지만 목회는 타이밍이라고. 제발 좀 기억해, 목회는 타이밍이라고. 문제가 일어나면 그땐 이미 늦어요. 정 집사가 행여 우리가 상상도 못한 어려움을 교회에 가져다주면 목사님들 그땐 어쩔 겁니까? 나는 영적으로 그런 위험을 본 거라고요. 그래서 정 집사를 이렇게 두 번이나 만난 거야. 이게 목양이에요. 이게 양을 사랑하는 목자의 마음이야. 제발 목사님들한테 그 눈이 열려야 해요. 나한테만 잘 보이면서 매주 회의만 대충 넘어가는 식으로 하면 뭐합니까?"

나는 박 목사를 향해 사정하며 말했다.

"박 목사, 제발 나부터 좀 감동을 끼쳐봐라. 제발 부탁이다, 박 목사."

나는 다시 다른 교역자들을 둘러보며 마무리했다.

"내가 오늘 정 집사님을 만나서 함께 기도하면서 느낀 게 뭔지 알아요? 바로 감격과 기쁨이었어요. 우리 목사는, 우리 목자는 양들을 케어하면서 누리는 환희와 감격으로 살아야 하는 거야. 우리가 그런 감격과 기쁨이 없이 이 힘든 목회를 어떻게 하겠어? 결국 우리의 모든 목양 사역은 다 나의 영혼, 내 영혼을 위한 것이라고. 이런 깊은 영적 원리를 모르고 어떻게 목사를 하나……."

박 목사는 붉어진 얼굴을 들지 못한 채 바닥만 보고 있었다. 손에 쥐고 있던 종이는 땀이 난 그의 손 안에서 꾸깃꾸깃 쪼그라들어 있었다. 고개를 들지 못하는 박 목사의 모습에서 느닷없이 새벽의 정 집사가 오버랩되었다. 비록 내가 그와의 만남을 이 자리에서는 조금 과장해 말하고 있지만 사실상 그도 나와 있는 내내 박 목사처럼 고개를 떨구고 있었다.

"자, 다른 분들 보고할 일들 있으면 얘기해봐요. 내가 좀 흥분했네. 최 전도사님, 여기 물 좀 갖다 줘요."

최 전도사가 물을 가지러 자리에서 일어나는 중에 행정수석 및 청년부를 맡고 있는 김 목사가 입을 열었다.

"목사님, 사실 몇 가지 보고드릴 게 있습니다."

물 컵을 받아들면서 나는 김 목사에게 고개를 끄덕였다.

"청년부 회장하고 있는 박주명이라고 목사님도 아시지 않습니까?"

박주명이라…… 당연히 잘 안다. 사실 청년부라고 해봐야 대학생까지 합쳐도 20여 명에 불과하다. 박주명은 그 청년부 안에서도 가히 독보적으로 신실한 신앙과 젊은이답지 않은 성숙한 인격을 겸비했다고 어른들 사이에서 소문 난 친구였다. 더욱 놀라운 점은 그의 부모는 신앙이 없는데도 불구하고 그는 어릴 때부터 누가 시키지도 않았는데 혼자 교회를 다녔다고 한다. 그리고 청년부 전체가 기도하는 기도 제목 중 하나가 다름 아니라 박주명 부모님의 구원 문제였다.

사실 박주명이 나를 비롯한 어른들에게까지 강한 인상을 남기게 된 데에는 하나의 계기가 있었다. 교회 내에 거의 전설처럼 전해 내려오는 이야기였다.

같은 청년부 안에는 김신수라는 이 지역에서는 상당한 규모의 세탁소를 운영하는 부모를 둔 박주명 또래의 청년이 있었다.

현재는 특별한 직업이 없지만 장차 부모의 세탁소를 물려받아 생활할 것이 분명해 보였다. 김신수가 틈틈이 부모의 세탁소에 들려 두리번거리면서 이것저것 일을 배우는 듯했기 때문이다. 사실 나는 박주명보다 김신수를 먼저 알았다. 김신수의 부모가 교회에 내는 헌금 액수가 교회 재정에 상당한 비중을 차지하고 있기 때문이었다. 무엇보다 십일조에 대해서는 지나칠 만큼 철저한 교포 교인들이라, 십일조 액수를 보면 그 집의 경제력이 바로 보인다고 해도 과언이 아니었다. 십일조에 열심인 가정들, 특히나 개인 사업을 하는 가정들은 마치 이번 달 십일조를 똑바로 내지 않으면 그 달의 영업을 아예 망칠지도 모른다는 일종의 강박관념을 가지고 있을 정도였다. 교포 사회에서도 꽤나 목이 좋은 곳에서 꽤 큰 세탁소를 경영하는 김신수의 부모는 전형적으로 십일조에 대하여 그런 강박관념을 갖고 있었다. 그 덕분이라 말하기에는 그렇지만, 김신수의 부모가 내는 십일조 액수는 실상 평균적인 경제력을 지닌 열 가정이 내는 십일조 총액과 맞먹는 액수였다. 내가 이 교회에 부임하고 얼마 되지 않아 김신수의 가정에 심방을 갔을 때 김신수의 아버지는 내게 이렇게 고백했었다.

"목사님, 제가 목사님께 부끄럽지만 작은 간증 하나 하겠습니다. 목사님이 아실지 모르지만 저같이 세탁소 하는 집은 매출이 카드 매출과 현금 매출로 나뉩니다. 매달 조금씩 다르기는 한데 저희 세탁소의 경우 현금 매출이 전체 매출의 40퍼센트쯤 되지요. 저는 이 나라에 세금 신고를 딱 카드 매출액만큼만 합니다. 어차피 조사가 나오지 않는 한 현금 매출은 추적이 안 되니까요.

목사님, 제가 왜 그렇게 하는지 아십니까? 왜냐하면 하나님께 더 많이 바치고 싶어서입니다. 전 당연히 전체 매출의 10분의 1은 말할 것도 없고 세금액을 줄여서 세이브하는 금액까지 추가로 해서 십일조로 바치고 있습니다. 그러니까 사실상 저는 이 세상 나라에 바칠 세금을 하나님의 나라에 대신 바치고 있는 것이지요. 저의 그런 마음을 하나님께서 좋게 보셔서 지금 그래도 나름 이 지역에서는 손꼽히는 세탁소로 성장한 것이 아닌가 싶습니다."

나는 고개를 주억거릴 수밖에 없었다. 아무튼 나라에 바칠 세금까지 교회에 바쳐서인지는 몰라도 김신수 부모의 헌금액은 상당했고 그런 만큼 교회에서의 영향력도 대단했다. 비록 장로가 아닌 집사에 불과했지만 장로 가정 몇 집을 합친 것보다 더 많은 헌금을 하는 김신수의 가족은 당연하게도 내게 요주의 관심 대상이었다. 첫 심방 이후로 나는 아마도 지난 일 년 동안만도 김신수네 집에 최소한 서너 번 심방을 가지 않았나 싶다. 그러면서 나는 그 집에서 자연스레 김신수를 만났고 청년부와 관련해 이런저런 얘기를 그와 나누곤 했다.

허나 아무리 하나님의 나라에 세금을 많이 바쳐도 인간인 이상 근심이 없을 수는 없는 법. 김신수의 부모에게는 큰 근심이 두 가지 있었다. 하나는 매년 나이 먹어가는 아들의 결혼 문제였다. 김신수의 부모는 미국 시민권을 가지고 있는 자신의 아들이 아무 대책 없이 예쁘장한 얼굴 하나만 믿고 미국에 날아와 시민권 가진 남자를 물어 정착하려는 여자의 사냥감이 되지 않을까 전전긍긍하고 있었다. 그런 이유로 김신수의 부모는 선을 보든, 소개팅을 하든 상대 여자의 첫 번째 조건은 미국 영주권 또는 시민권 소지자였다. 심지어 친한 집사들에게 아들의 신부감은 신앙은 없어도 되지만 영주권은 없으면 안 된다고 말한 적까지 있었다. 신앙은 기도로 생길 수 있지만 영주권은 기도로는 해결할 수 없는, 미국 정부의 소관이기 때문이라고 했다. 그런데 참으로 아이러니하게도 아들의 배우자와 관련해서는 기도만 하면 금방 생길 것같이 말하는 그 신앙이 결코 적용되지 않는 한 사람이 있었으니 다름 아닌 바로 김신수의 할머니였다.

김신수 부모의 두 번째 문제는 바로 평생 불교만 믿고 살아온 김신수 친할머니의 구원 문제였다.

김신수 부모가 미국으로 건너온 때는 박씨 성을 가진 인물이 한국을 다스리던 시대였다. 아들과 함께 미국으로 이민 오지 않았던 김신수의 할머니는 그간 한국에서 김신수의 고모 댁, 그러니까 김신수 아버지의 여동생 집에서 살았다고 한다. 그러나 유일하게 믿고 의지하던 딸이 불의의 사고로 먼저 하늘나라로 가자 김신수의 할머니는 어쩔 수 없이 5년 전 미국 아들의 집으로 오게 되었다. 사실 외아들인 김신수의 아버지 입장에서는 김신수의 할머니는 애초에 아들을 따라 미국에 오는 것이 마땅했다. 젊은 시절 남편을 떠나보내고 두 남매만 믿고 산 그분에게 아들이 가지는 의미는 그 누구보다 특별하지 않았을까? 그럼에도 불구하고 김신수의 할머니가 미국에 오지 않고 어떤 의미로 아들보다 부담스러울 수밖에 없는 사위의 집에 얹혀살며 그 오랜 세월을 머문 데에는 다름 아닌 모자지간에 종교 갈등이 있었기 때문이었다.

김신수의 아버지는 어린 시절부터 스님의 목탁 소리를 들으며 자란 철저한 석가의 아이였다. 김신수의 할머니는 남편이 죽은 후 꿈에서 석가모니를 만났다고 한다. 석가모니는 꿈에서 자애로운 미소와 함께 한 손으로 남편을 잃고 황망함에 빠진 젊은 과부의 손을 꼭 잡고는 나머지 한 손으로 저 멀리 어딘가를 가리켰다. 김신수의 할머니가 석가모니의 손끝을 따라 천천히 시선을 옮기자 그녀의 눈에 벌거벗은 채 온몸을 반야심경 두루마리에 둘둘 감겨 있는 자신의 모습이 들어왔다. 벌거벗고 있었지만 그녀의 얼굴에서 부끄러움이라고는 찾아볼 수 없었다. 어떤 신비한 황홀감에 쌓인 듯 자신의 벗은 몸을 감싸고 있는 반야심경 두루마리를 손으로 쓰다듬으며 희미한 미소마저 머금고 있는 자신의 모습을 보는 순간 김신수 할머니의 마음을 가득 채우고 있던 깊은 슬픔이 사라졌다.

그날의 그 신비한 꿈 이후 김신수의 할머니는 전혀 다른 사람이 되었다. 그녀는 어떻게 배웠는지 모르지만 어느 날부터인가 산스크리트어로 반야심경을 외우기 시작했다.(사실 그녀의 입에서 나오는 그 언어가 산스크리트어인지 아닌지를 확인할 길은 없다.) 그리고 매일매일 빠지지 않고 그녀의 입에서 흘러나오는 반야심경 독백은 그녀의 삶에서 가장 중요한 과업이 되었다. 반야심경이 그녀의 입에서 흘러나올 때면 아무리 힘들고 어려운 일이 있어도 그녀의 얼굴에는 그 무엇도 지울 수 없는 미소가 피어올랐다. 입으로 외우는 반야심경은 어느새 살아 움직이는 두루마리가 되어 그녀의 몸 전체를 감쌌다. 그리고 그녀의 몸 전체를 감싼 반야심경 두루마리는 어느새 그녀의 손을 다정하게 잡아주던 석가모니의 속삭임이 되어 그녀의 귀를 간지럽혔다.

"내가 너를 지킨다. 내가 너를 지킨다."

기쁠 때는 기뻐서, 슬플 때는 슬퍼서 그리고 아플 때는 아파서 그녀는 반야심경을 외웠다. 그녀에게 반야심경은 삶 자체였다. 그리고 그 힘으로 김신수의 할머니는 억척스럽게 어린 두 자식을 홀로 키워냈다. 그런 김신수의 할머니에게 하나뿐인 아들이 교회를 다니는 여자와 결혼한다는 것은 전혀 예상하지 못했던 사건이었다. 하지만 그녀는 기꺼이 아들의 결혼을 허락했다. 결혼이란 결국 아들이 하는 것이라 생각했기 때문이었다. 게다가 김신수의 할머니에게 불교는 자신만이 옳다고 주장하는 '종교'가 아니었다. 그녀에게 불교는, 아니 반야심경은 그냥 삶 자체였다. 비록 자신이 배 아파 낳은 아들이지만 그 아들의 삶이 반드시 자신과 같을 필요는 없다고 생각했다. 그랬기에 그녀는 단 한 번도 아들에게 자신처럼 반야심경을 외우라고 강요한 적이 없었다.

그러나 김신수의 할머니가 전혀 상상하지도 못했던 '심각한' 문제는 그녀의 아들이 결혼하고 난 후 오래지 않아 일어났다. 김신수의 아버지는 신혼여행 직후 아내가 아니던 교회의 '전도집회'를 다녀오고 나서 기독교로의 개종을 선언했다. 아들은 어머니에게 이렇게 말했다.

"어머니, 저는 이제 새로 태어났어요."

그때도 그녀는 그럴 수 있다고 생각했다. 그녀 자신도 매일매일 새로 태어난다고 믿으며 살아왔기 때문이었다. 그리고 자신이 꿈에서 석가모니를 만난 후 인생이 바뀌었듯이 아들에게도 그런 '무엇'이 생겼나보다, 라고 생각했다. 그러나 진짜 문제는 아들의 '새로 태어남' 이후 발생했다. 김신수의 아버지가 노골적으로 김신수 할머니의 개종, 기독교로 말하면 '구원'을 요구했기 때문이었다. 김신수 할머니를 전도하는 김신수 아버지의 말은 다음과 같은 한 문장으로 요약할 수 있었다.

"어머니, 이렇게 계속 사시면 죽어서 지옥 가요. 예수님 믿고 나랑 같이 천국 가야지요. 어머니도 죄를 회개하고 거듭나야 해요."

그녀에게 '새로 태어난' 아들과의 논쟁은 남편의 죽음보다 훨씬 더 고통스러웠다. 그러던 중 아들이 미국으로 가게 되었다. 하나뿐인 아들과 영영 헤어지는 것 같아 힘들었지만 한편으로는 이제 더 이상 자신을 다그치는 '새로 태어난' 아들을 안 봐도 된다는 생각에 그녀는 마음 깊이 안도했다.

그랬던 그녀였다. 그랬던 김신수의 할머니였다.

그런데 김신수의 고모가 뜻하지 않게 세상을 떠나고 이미 여든을 넘긴 김신수의 할머니는 홀로 한국 땅에 남겨졌다. 김신수의 아버지로서 그런 어머니를 한국에 혼자 놔둘 수는 없는 노릇이었다. 어머니를 혼자 요양원에 맡기는 경우는 아예 고려조차 하지 않았다. 무엇보다 그에게는 남부럽지 않은 재력과 여유 있는 집이 있었다. 누가 봐도 으리으리한 시카고 집에는 남는 방이 몇 개나 있었다. 김신수의 아버지는 여동생의 장례를 한국에서 치르자마자 어머니를 모시고 미국으로 들어왔다. 그게 5년 전의 일이었다. 그날 이후 교회 전체에까지 알려진 김신수 집안의 제1호 기도 제목은 '할머니의 구원'이었다.

나는 김신수의 할머니를 몇 번 봤었다. 물론 김신수의 집에 심방을 갔을 때였다. 내게 있어 그녀가 주는 느낌은 그냥 시냇가에 수십 년 간 옮겨지지 않은 채 자리 잡고 있는 작고 단단한 조약돌 같았다. 자신의 아들보다도 한참 어린 나를 대하는 그녀의 몸가짐에서는 한 치의 흐트러짐조차 없었다. 나도 모르게 김신수의 할머니 앞에 서면 양복 단추를 여미게 하는 어떤 조용한 힘이 그녀의 작은 몸 어딘가에 존재했다. 몇 번 만나서 인사했지만 나는 김신수 할머니의 목소리를 들어본 적이 없었다. 지금 생각해보니 그녀는 조용히 내게 고개를 숙이고 따뜻한 미소를 지었을 뿐 단 한 번도 내게 무슨 말을 한 적이 없었기 때문이다. 그랬던 김신수의 할머니가, 반야심경을 외우며 평생을 마치 반야심경 두루마리에 온몸이 쌓인 듯 살아왔던 그 할머니가 운명을 다할 때가 되었다는 급한 전화를 받은 것이 지금으로부터 약 6개월 전이었다.

밤 11시가 되었을까? 그날 밤도 다음 날 새벽기도를 떠올리며 초조하게 잠을 청하고 있던 내 귀에 급하게 울려대는 핸드폰의 불안한 진동 소리가 감지되었다. 미국에서 이렇게 늦은 시간에 전화하는 경우는 응급 상황일 때뿐이다. 내 예상대로 전화의 주인공은 김신수의 아버지였다. 그가 우리 집에서 별로 멀지 않은 곳에 위치한 성 토마스 병원 응급실에서 거의 울먹이는 목소리로 내게 말했다.

"목사님, 우리 어머니가 운명하실 것 같습니다. 제발 빨리 오셔서 마지막으로, 마지막으로 우리 어머니 천국 가실 수 있게 복음을 전해주십시오. 제발…… 제발 우리 어머니 좀 살려주세요. 우리 어머니 이렇게 돌아가시면 지옥 갑니다. 우리 어머니, 우리 어머니…… 지옥 가면 안 돼요. 목사님 제발 좀 빨리 와주세요."

나는 급히 옷을 챙겨 입고 차를 몰아 집에서 약 15분 거리에 떨어진 성 토마스 병원 응급실에 도착했다. 응급실 한구석이 커튼으로 가려져 있었다. 바로 그곳에 김신수의 할머니가 누워 있음이 분명했다. 아마도 저 커튼 속 작은 공간에서 김신수의 할머니가 그 조그마한 육체의 마지막 가쁜 숨을 내뿜고 있으리라. 나도 모르게 간절히 기도했다.

　"주님, 제게 능력을 주십시오. 마지막 순간 저분에게 천국의 소망을 줄 수 있도록 저를 붙잡아주십시오."

　커튼을 향해 걸어가는 짧은 몇 초 동안 내 머릿속에 그동안 전해들은 김신수 할머니의 평생이 마치 파노라마처럼 펼쳐졌다. 그분이 아마도 살면서 수천 번은 되뇌었을 반야심경, 젊은 시절 혼자가 된 과부의 처절한 고독, 하나뿐인 아들을 미국으로 보내고 한국에 남은 노모의 외로움…… 갑자기 나는 어쩌면 얼마 남지 않았을 그녀의 엄중한 삶 앞에서 너무도 초라하게 작아지며 한없이 가볍게만 느껴지는 내 삶을 돌이켜볼 수 있었다. 갑자기 뜨거운 눈물이 흘러내렸다. 어떻게 하든 저 할머니, 저 여인네의 마지막이 찬란한 영광의 시간이 되도록 해야 한다는 사명감이, 목사로서의 뜨거움이, 간절함이 내 속에서 뿜어져 나왔다.

조용히 나는 커튼을 열었다.

산소 호흡기를 낀 김신수의 할머니는 자그마한 체구를 헐떡이며 마지막 숨을 몰아쉬는 듯 했다. 그 곁에 김신수의 부모와 김신수가 흐느끼듯 서 있었다. 그런데 그 중에 낯선 청년이 보였다. 그 청년은 침대 옆에 무릎을 꿇은 채 김신수 할머니의 손을 잡고 그녀의 귀에 뭔가를 계속 속삭이고 있었다. 나는 그 청년이 할머니의 귀에다가 뭐라고 하는지는 알 수 없었지만, 산소 호흡기를 낀 채 침대 옆 계기판 속 혈압이 급격하게 떨어지고 있는 김신수의 할머니가 과연 저 청년의 말을 알아들을지 의심되었다. 그럼에도 죽음이 임박한 한 인간 주는 뭔가 범접할 수 없는 어떤 분위기 때문에 나는 차마 말을 꺼낼 수 없었다. 그리고 무엇보다 내가 당황했던 이유는 침대 주변의 김신수 가족들 중 그 누구도 내가 온 것을 감지하지 못하는 듯했기 때문이었다. 조금 전 나와 그토록 애절한 목소리로 통화했던 김신수의 아버지조차 내 존재를 알아차리지 못한 채 오로지 침대 옆의 그 청년만을 주시하고 있었다. 그랬다. 할머니의 침대 주변에 서 있는 김신수 가족 모두의 시선은 오로지 가녀린 몸으로 마지막 숨을 몰아쉬는 할머니와 그 할머니 곁에 앉아있는 한 청년에게만 쏠려 있었다.

시간이 얼마나 흘렀을까?

지금 생각하면 한 시간은 족히 되었을 거 같기도 하고 또 고작해야 30초 남짓이었는지도 모르겠다. 시간이 멈춘 듯한 그 공간 속에서 지금도 내 머릿속에 여전히 선명하게 남아 있는 장면은 김이 서린 산소 호흡기를 끼고 가쁜 숨을 몰아쉬는 김신수의 할머니와, 그리고 너무도 자그맣게 쪼그라들어 마치 한 손으로도 가볍게 들 수 있을 거 같은 그 여인에게 뭔가를 속삭이는 한 청년의 모습이다.

그 순간……

이제 곧 심장박동을 표시하는 기계에 삑 소리와 함께 긴 한 줄이 지나가기만을 기다리는 것이 너무도 당연해 보이는 그 순간…….

어떤 일이 발생했다.

그 작고 초라한 몸뚱어리 속 심장이, 여든 해가 넘도록 단 한 순간도 쉬지 않고 뛰던 주먹만 한 심장이 이제는 멈추어야 할 바로 그 시점에, 상상도 할 수 없는 일이 내 눈 앞에서 벌어졌다.

김신수의 할머니가 갑자기 눈을 떴다. 아니, 그것이 끝이 아니었다. 그녀는 손을 올려, 언젠가 그녀의 꿈속에서 석가모니가 잡았던 바로 그 손을 올려 자기의 입을 막고 있는 산소 호흡기를 떼어냈다. 그러고는 그녀가 용을 쓰기 시작했다. 갑자기 혈압이 떨어지고 숨을 쉴 수 없게 된 사람들은 이제 더 이상 침대 위의 할머니가 아니었다. 다름 아닌 나와 김신수의 가족이었다. 작은 커튼이 막아놓은 공간 속의 사람들은 죽음 직전의 할머니가 연출하는 그 믿기지 않는 장면 앞에서 온전히 숨을 쉴 수가 없었다.

그러나 한 사람만은 예외였다. 온몸을 들썩이며 용을 쓰는 그녀를 침대 곁에 있던 그 의문의 청년이 조용히 일으켜 앉혔다. 몇 초나 지났을까? 그녀는 오른손을 천천히 들어 어딘가를 가리켰다. 그리고 입을 열어 결코 그녀로부터 상상할 수 없었던 다음 세 글자를 천천히, 그러나 또렷하게 뱉어냈다.

"하……나……님……."

그랬다. 그 단어는 '하나님'이었다.

'부처님'이 아닌 바로 '하나님'이었다.

그 말을 뱉어내고 김신수의 할머니는 앉은 그 상태에서 느닷없이 앞으로 꼬꾸라지며 바로 숨을 거두었다. 이 모든 것은 그야말로 한순간에 벌어진 일이었다. 침대 옆 계기판은 더 이상 생명이 자리 잡고 있지 않음을 의미하는 침묵의 일직선을 그려내고 있었다. 모두가 다 놀란 그 와중에 침대 곁의 그 청년만이 마치 모든 일을 미리 알고 있었다는 듯 앞으로 꼬꾸라진 김신수의 할머니를 일으켜 단정히 뉘었다. 그리고 그녀에 이마에 조용히 입을 맞추고 자리에서 일어났다. 그리고 그 청년은 조용하지만 단호하게 김신수의 가족을 향해 말했다.

"할머니는 구원받고 지금 막 천국에 가셨습니다. 할머니를 맞은 천국에서는 지금 잔치가 벌어지고 있습니다. 제 귀에는 천국 잔치의 환성이 분명하게 들립니다. 할렐루야~"

형언할 수 없는 고통에 한 번이라도 숨을 들이키려 미칠 듯이 발버둥 치던 김신수의 할머니가 갑자기 눈을 뜨고 몸을 일으킨 후 '하⋯⋯나⋯⋯님⋯⋯'을 내뱉고 꼬꾸라지는 데까지 걸린 시간은 고작해야 채 30초가 안 됐을 것이다. 그러나 그 자리에 있던 모든 사람들에게 그 30초는 마치 1초 단위로 끊어서 돌아가는 프레임과 같이 각각의 순간이 선명하게 기억 속에 각인되었다. 그리고 할머니는 구원받은 후 천국에서 지금 잔치 중이라는 그 청년의 단호한 선언에 1초 단위로 장면이 바뀌는 슬라이드 쇼 세계에 있던 우리 모두는 비로소 현실로 돌아올 수 있었다. 현실에 복귀한 우리의 눈에 들어온 장면은 바로 막 숨을 거둔 김신수 할머니의 얼굴이었다.

할머니의 얼굴…… 아…… 할머니의 그 얼굴.

지금 이 순간도 내가 분명히 기억하는 그 얼굴.

김신수 할머니의 얼굴은 희미한 미소를 띠고 있었다.

지금 우리 모두의 눈앞에 있는 그 얼굴은 방금 전까지 그녀가 살아온 인생의 모든 질곡과 병마로 인한 고통이 뒤엉킨 처참한 얼굴로 가쁜 숨을 몰아쉬던 그 얼굴이 더 이상 아니었다.

그랬다. 김신수 할머니의 얼굴은 미소를 띠고 있었다.

동시에 말로 표현할 수 없는 평안함이 깃든 얼굴.

'아니, 사람이 죽으면 피부가 더 고와지는 거야? 이게 말이 돼? 죽음이 이렇게 아름다울 수 있는 거야?'

그런 생각이 절로 들 정도로 더 이상 숨 쉬지 않는 그녀의 얼굴은 아름다웠다. 몇 년간 병마와 싸워온 노인이라고 도저히 믿기지 않을 정도로.

나는 이 교회에 부임한 후 장례 예배를 여러 번 치렀다. 미국은 장례 예배 때 관 뚜껑을 열고 시신을 보이게 한 후 마지막으로 고인과 인사를 하도록 한다. 그래서 미국에서 시신을 보는 일은 전혀 낯설지 않은 체험이다. 게다가 나는 김신수의 할머니 경우와 같이 임종 직전 가족과 함께 마지막을 맞은 적도 서너 차례 있었다. 그랬기에 죽음 직후의 모습을 보는 것도 내게 그 날이 처음은 아니었다.

하지만 나는 그 어디에서도 김신수의 할머니와 같은 얼굴을 본 적이 없었다. 할머니의 얼굴에 놀란 이는 나만이 아니었다. 더 놀란 사람들은 김신수의 가족이었고 그 중에서도 김신수 아 버지가 가장 그랬다. 김신수의 아버지는 조용히 침대 옆에 무릎 을 꿇고 어머니의 얼굴을 만졌다. 그리고 그 얼굴에 자신의 얼 굴을 비비며 소리없이 흐느꼈다.

나는 알 수 있었다.

그 흐느낌은 이별의 아픔 때문이기도 했지만 무엇보다 실로 말로 표현할 수 없는 감격 때문이었음을.

어머니의 얼굴을 만지다가 또 그 얼굴을 망연히 바라보기를 반복하던 김신수의 아버지는 조용히 일어나 청년에게 다가가 그 를 껴안았다. 마침내 김신수 아버지의 소리 없는 흐느낌은 거친 울음이 되어 응급실 안을 가득 채웠다. 흐느끼며 그는 말했다.

"고마워, 고마워…… 고마워…… 하나님, 감사합니다. 하나님 감사합니다……."

의사와 간호사가 커튼을 젖히고 들어온 것은 바로 그때였다.

잠시 진찰을 한 후 의사는 조용히 침대보를 할머니의 머리끝까지 올리며 김신수의 아버지를 향해 말했다.

"I am so sorry. She passed away.(유감입니다. 운명하셨습니다.)"

그 자리에 있던 가족들의 귀에 의사의 형식적인 애도는 전혀 중요하지 않았다.

의사가 자리를 떠난 후에야 나는 비로소 그 청년의 얼굴을 똑똑히 볼 수 있었다. 눈에 익은 얼굴이었다. 그랬다. 그는 분명 김신수와 마찬가지로 청년부에서 함께 활동하는 교회 청년들 중 한 명이었다. 실로 기이하고 신비롭다고 말할 수밖에 없는 짧은 몇 분의 시간이 지나자 비로소 나의 의식은 현실감을 갖기 시작했다. 그 현실감은 다름 아닌 당혹감이었다.

'내가 지금 여기 왜 있지?'

정신이 돌아오자 무엇보다 내가 했어야 할 일을 누군가에게 빼앗긴 것 같은 느낌을 지울 수 없었다. 명색이 목사인 내가 여기 있는데 아직 새파란 청년에게 어떤 영적인 권위에서 말도 안 되게 밀린 느낌을 받았기 때문이었다. 무엇보다 나를 당황하게 한 것은 김신수의 가족은 아직도 내가 와 있는지 조차도 모르고 있는 것 같다는 것이다. 나는 평생 동안 그날 그 순간처럼 나라는 존재가 그토록 작고 초라하게 느낀 적이 없었다. 어쩔 수 없이 나는 떨어지지 않는 입술을 움직여 말했다.

"김 집사님, 그동안 얼마나 고생이 많으셨습니까? 어머님께서는 지금 예수님의 품에서 영원한 안식을 갖고 계십니다. 할렐루야."

나는 어떻게든 나의 존재를 김신수 가족에게 인식시켜야만 했다. 내 목소리를 듣자 비로소 내가 온 것을 알았다는 듯 김신수의 부모는 내게 감사인사를 전했다.

"목사님, 이 늦은 시간에 너무 감사합니다. 네, 목사님, 저희들의 기도를 하나님께서 응답해주셨습니다. 감사할 따름입니다."

김신수의 아버지는 다시 눈물을 흘리기 시작했다. 김신수 아버지의 손을 붙잡고 나는 잠시 기도했다. 하지만 내 마음은 온통 그 청년에게만 쏠려 있었다.

무엇보다…….

'도대체 저 친구는 김신수의 할머니 귀에 뭐라고 말한 거지? 도대체 무슨 소리를 한 걸까? 무슨 말을 했기에 할머니에게 그런 일이 일어날 수 있었던 거지?'

김신수 아버지와의 짧은 기도를 마치고 나는 드디어 시선을 바꾸어 그 청년에게 물었다.

"형제, 낯이 익은데 이름이 뭐지요?"
"네, 목사님, 안녕하세요? 저는 박주명입니다. 청년부 회장을 하고 있습니다."

아…… 맞다. 박주명. 청년부 회장 박주명.

"신수 형제 친구지요? 주명 형제가 청년부 부흥을 위해 힘 많이 쓴다는 얘기를 김 목사님으로부터 자주 들었어요. 교회에 주명 형제 같은 청년이 얼마나 귀한지 몰라요. 그런데, 주명 형제, 아까 할머니께서 소천하시기 전에 할머니 귀에다가 계속 무슨 말을 하는 거 같던데 뭐라고 했나요?"

"아, 네. 저는 그냥 계속…… 하나님은 당신을 사랑하십니다 …… 그 말을 반복했습니다. 할머니가 의식을 잃고 혈압이 조금씩 내려가기 시작한 게 거의 두 시간 전이니까 돌아가시기 전까지 쉬지 않고 할머니 귀에 그 말을 속삭였습니다."

"아…… 그랬군요."

나는 뭐라고 대꾸해야 할지 곤혹스러웠다. 무엇보다 임종을 앞둔 노인의 귀에 두 시간 동안 오로지 한 문장으로만 이루어진 '주문'을 외운 후 그 노인의 죽기 전 단 한마디, '하나님'이란 그 말을 토해냈다고 구원받았다고 말하는 것에 대해 나는 황망함에 가까운 저급함을 느꼈기 때문이었다. 그러나 중요한 것은 나의 생각이 아니었다.

죽은 사람은 죽었고 산 사람들은 살아야 했다.

그렇다. 중요한 것은 살아 있는 사람들이었다. 죽은 이에게 가혹한 소리일지 몰라도 결국 그 죽음이 산 사람들의 마음을 편하게 해줄 때 좋은 죽음이 될 수 있다. 지금 김신수 할머니의 죽음이 갖는 가치는 오로지 살아남은 가족들에 의해 결정된다. 할머니의 죽음을 놓고 자신들의 기도가 응답되었다고 믿고 안도하는 가족들에게 할머니의 죽음은 더 이상 죽음이 아닌 '축제'였다.

그 가족들 앞에서 내가 무슨 말을 할 수 있겠는가? 단지 그들 앞에 저렇게 당당하고 자신 있게 김신수 할머니의 '구원'을 선언하는 박주명의 믿음이라고 해야 할지, 아니면 뻔뻔함이라고 해야 할지, 아니면 무식함이라고 해야 할지, 어쨌든 그럴 수 있는 그가 부럽기만 했다. 하지만 박주명의 구원 선언이 힘을 얻을 수밖에 없었던 것은 김신수 할머니의 마지막 행동 때문이었다. 손가락 하나 움직일 힘이 없던 그 노인이 자신의 입을 가리던 산소 호흡기를 떼어내고 스스로의 힘으로 일어나 앉았으며, 게다가 손을 들어 어딘가를 가리키며 '하나님'을 말했다. 나는 그녀의 목소리를 그날 처음이자 마지막으로 들었다. 물론 김신수의 할머니가 내뱉은 '하나님'이라는 단어도 중요했지만 그에 못지않게 그 순간을 도저히 나의 제한된 '구원 신학'으로는 설명할 수 없는 점이 있었다. 그것은 죽은 후 할머니의 얼굴이었다. 그 얼굴을 도대체 어떻게 설명할 수 있을까? 박주명은 나중에 김신수의 가족들에게 할머니의 행복한 얼굴이야말로 지금 천국에서 할머니가 잔치를 하고 있음을 증명한다고 말했다. 그 말에 김신수 아버지의 감격은 극에 달했다.

채 하루가 지나지 않아 이 사건은 교회뿐만 아니라 시카고 전체 한인 사회에 걷잡을 수 없는 들불처럼 퍼져 나갔다. 골수 불교 신자의 죽음 직전의 기적적 구원 사건은 성경에 등장하는 그 어떤 기적들보다 더 위대한 기적으로 채색되고 퍼져 나갔다.

물론 그날의 일은 얼마든지 채색되고 과장될 만했다.

김신수 할머니의 장례 예배 때는 교회 역사상 가장 많은 교인들이 몰려들어 장례식장의 자리가 모자라 사람들이 복도에 줄까지 서 있어야 할 상황에 이르렀다. 사람들이 그렇게 몰린 이유는 간단했다. 김신수 할머니의 얼굴을 보기 위해서였다. 그리고 사람들 하나하나가 관 속에 누워 있는 할머니의 시신을 지나갈 때의 모습에는 마치 성모 마리아의 환생이라도 보는 듯한 경외감을 품고 있었다. 심지어 어떤 이는 손을 뻗어 시신을, 할머니의 얼굴을 만지려는 터무니없는 행동을 하려다가 제지를 받기도 했다.

한동안 박주명을 만나기 위해 오는 사람들 때문에 우리 교회의 출석 성도가 급격하게 늘었던 적이 있을 정도였다. 물론 그 늘어난 사람들은 또 다른 새로운 소문들에 이끌려 다 떠나갔지만.

어쨌든 나로서도 김신수 가족에게는 위로를 주면서도 또 교인까지 늘게 만든, 교회에 일거양득의 수확을 가져다준 박주명이 예쁘기 그지없었다. 처음에 느꼈던 박주명의 저급해 보이는 신앙에 대한 나의 판단은 아주 일시적이었다. 박주명은 청년부내에서 다른 모든 사람들을 진심을 다해 돕고 섬기는 신실한 사람임을 나는 오래지 않아 확인할 수 있었기 때문이었다.

"그래, 김 목사님. 주명 형제야 잘 알지요. 우리 교회에서 박주명 형제 모르는 사람이 누가 있겠습니까? 왜 주명 형제에게 무슨 일이 생겼습니까?"

"아니, 다른 게 아니고요. 주명 형제가 신학교를 가겠다고 목사님 추천서를 받아야 한다고 합니다. 그래서 오늘 목사님 시간 되시면 한번 찾아뵙겠다고 해서요."

나는 찡그려지는 마음이 얼굴로 드러날까 봐 순간적으로 애를 써야 했다. 누가 물으면 나 또한 그렇지 않다고는 자신할 수 없지만, 직장을 못 잡고 교회에서 봉사한답시고 계속 출근하듯 나오다가 나중에 신학교 가겠다며 소명받았다고 나서는 사람들을 보면 나도 모르게 부아가 치밀곤 했다. 왜 사회생활이 안 풀리면 그게 목사가 되어야 하는 이유가 될까? 왜 만사가 꼬이면 그게 하나님이 자신을 목사로 부르는 신호라고 생각할까?

'결국 이런 인간들이 모여서 궁극적으로 교회 망신, 목사 망신은 다 시킨다 말이야.'

입 밖에까지 짜증이 터져 나오려는 것을 간신히 참았다. 사실 박주명이 신학교를 간다고 할 때 더 우려되는 점이 있었다. 소위 말하는 '김신수 할머니 구원 사건'(그날의 해프닝은 교회 내에서 이런 이름으로 전파되었다)을 통해 내가 접한 박주명의 신앙관은 불안함을 넘어 위험하기 이를 데 없었다. 무조건 주문 외우듯이 되뇌며 사람을 최면 단계로까지 유도하는 것이 신앙이라면 이 세상에서 가장 제대로 된 신앙은 이 교회당 안이 아니라 저기 지리산 골짜기 도승들에게서 찾아야 할 것이다. 물론 그가 신학교에서 정상적인 교육을 받는다면 바뀔 수도 있겠지만.

"그렇군요. 기꺼이 추천서를 써줘야죠. 그런데 어느 신학교입니까? 이 근처야 뭐 트리니티밖에 없으니까 트리니티겠네요."

나는 시카고 외곽에 위치한 미국에서도 손꼽히는 신학교 중의 하나인 트리니티를 당연히 가장 먼저 떠올렸다. 트리니티는 한 가지 신학 노선이 아니라 다양한 신학 노선을 선입관 없이 가르치는 학교로 유명했고 그에 따라 매년 수십 명의 한국인 유학생이 트리니티에 입학했다.

"아닙니다. 목사님. 주명 형제가 대학 공부를 온전히 마치지를 못해서 트리니티 같은 정식 신학교는 입학이 힘들고요, 통신으로 신학 석사를$^{M.Div}$ 주는 타주에 있는 조그마한 신학교에 들어 간답니다. 한국인이 운영하는 신학교인데, 일 년 정도면 모든 과 정을 다 마칠 수 있다고 합니다. 당연히 모든 리포트는 다 한국어 로 내고요. 졸업 전까지 학교에는 한두 번만 방문하면 된다고 합 니다. 그러니 학교를 다니면서 일도 할 수 있어서 교회에서도 지 금보다 좀 더 중요한 일을 맡을 수 있지 않을까 합니다만……."

김 목사가 말문을 흐렸다. 나도 벽창호가 아닌 이상 그런 곳 이 있다는 얘기는 들어 알고 있었다. 별의별 희한한 신학교가 미국 내에 많이 있다고 말이다. 그 중에서도 상당수는 우리 한 국인 목사들이 만들었다는 말도 들었다. 하지만 그런 신학교가 나와, 그리고 우리 교회가 얽힌 일이 뭐가 있겠냐는 생각에 관 심을 가진 적이 없었다. 그런데…….

"아니, 김 목사님, 그럼 그런 학교에 가는 데 군이 추천서는 왜 필요합니까? 속성으로 일 년 만에 석사 학위를 준다는 학교 에서 추천서를 달라는 게 좀 웃긴데요."

이번에는 짜증과 묘한 경멸이 내 말에 실리는 것을 어쩔 수 없었다.

"네, 그런데 추천서가 중요하다고 합니다."

김 목사는 잠시 말을 멈추며 머뭇거리다가 말을 이었다.

"그게 그러니까 일종의 보증 같은 건데요. 등록금과 관련해서……."

역시. 말이 추천서이지 만약 이 학생이 등록금이나 학교에 내야 할 돈을 못 내는 경우 대신 돈을 내준다는 일종의 지급 보증을 추천서라는 이름으로 하라는 것이었다. 나는 정색을 하고 말했다.

"김 목사님, 지금 무슨 얘기를 하는 겁니까? 주명 형제 학비에 대한 보증을 담임 목사인 저보고 지라는 건가요, 아니면 교회가 책임지고 주명 형제 학비를 내라는 것입니까? 도대체 무슨 얘기입니까?"

순간 나는 알아차렸다. 김 목사는 청년부를 하면서 박주명뿐 아니라 김신수와도 돈독한 관계를 유지하고 있었다. 그러다 보니 자연스럽게 김신수의 부모와도 친했다. 이번 박주명의 신학교 입학과 관련해 그 배후에 김신수의 부모가 있다는 것을 그제야 나는 깨달았다. 퍼즐 조각들이 모여 그림을 완성듯 모든 것이 갑자기 선명해졌다.

뻔한 얘기였다.

김신수의 부모 입장에서는 평생을 불교에 빠져 살던 불자 어머니를 구원시킨 '능력'을 가진 박주명과 같은 사람이야말로 반드시 목사가 되어야 했고, 그것도 가능하면 교회에서 전폭적으로 후원해 목사로 만들기를 원했던 것이다. 그리고 박주명이 신학교에 입학하는 그 순간부터 보나마나 내게 압력을 가하기 시작하리라. 박주명을 전도사로 발령하여 교회에서 정식 교역자로 일하게 하라고. 어차피 통신 강좌로 어영부영 공부하는 학교이다. 박주명은 신학생이라는 신분으로 교회에서 월급을 받으며 일하는 어엿한 교역자가 될 수 있다. 그리고 그런 식으로 교회 내에서 신망을 얻게 되면서, 어느 샌가 지금 현재 담임 목사라는 이름으로 내가 앉아 있는 이 자리가 그의 것이 되지 말라는 법도 없을 것이다. 김신수의 부모가 작정하고 밀어붙인다면 그들이 이 교회 안에서 못할 일은 없다. 그만큼 돈의 힘은 무섭다. 분명 그렇게 될 것이다.

최소한 김신수 부모의 눈에 하나님의 진정한 종은 내가 아닌 박주명이다.

　몇 년 동안 자신들의 어머니를 전도는커녕 말 한 번 제대로 붙이지 못한 담임 목사인 나와 하룻밤 사이 단숨에 평생을 반야심경만 외우면서 살아온 어머니를 천국으로 보내 '천국 잔치'의 주인공으로 만든 박주명이 그 부부에게 비교 대상이나 되겠는가? 그리고 무엇보다 그들은 진심으로 교회를 사랑하는 생각으로 이 일을 추진하고 있는지 모른다. 이런 식으로 말이다.

　"영력이 있는 하나님의 종이 교회를 맡아야지. 그래야 우리 어머니처럼 제대로 된 주의 종을 못 만나 아직까지 한 번뿐인 인생을 죄에서 헤매고 있는 사람들을 한 명이라도 더 줄일 수 있지 않겠어. 이대로는 안 돼. 우리는 제대로 된 주의 종을 모셔야 해. 그렇게 해서 한 명이라도 더 구원받아 천국으로 보내야 해. 그게 우리 교회가 살고 이 시카고의 한인들이 사는 길이야. 하나님은 사람의 경력이나 나이를 가지고 그분의 종을 선택하지 않아. 박주명이 아직 어려도 하나님의 진정한 종만이 가지고 있는 능력이 있어. 장 목사는 아니야. 장 목사는 글렀어."

　갑자기 모든 정황들이 내 머릿속에서 뚜렷하게 그려지자 나도 모르게 헛웃음이 나왔다.

'어떻게 해야 하나…….'

김 목사는 이런 뒷배경을 알고 지금 내게 이런 말을 꺼낸 걸까? 그렇지는 않을 것이다. 그냥 아무 생각 없이 평소 친한 김신수 부모의 말도 있고 해서 꺼냈을 테고, 또 무엇보다 청년부 회장을 맡아 자신의 일을 덜어주는 박주명이 김 목사의 눈에 얼마나 예쁘겠는가? 그렇게 훌륭한 청년 하나 정도는 교회가 후원해도 뭐가 문제인가 하는 마음도 있으리라. 그러니 내 입장에서는 어찌 보면 당돌하다 할 수밖에 없는 제안을, 당돌한지 아닌지조차 전혀 구분 못하고 개념 없이 이렇게 꺼낸 것이리라.

사실 나는 김 목사가 행정 쪽에서는 별 실수 없이 일을 잘 해내지만 청년부를 운영하는 데 있어서는 불만을 갖고 있었다. 백번 이해해서 행정 일이 많아 그렇다고 볼 수도 있지만 김 목사는 청년부 예배를 예배인지 공연인지 모를 정도로 찬양 중심의 집회로 이끌고 있었다. 그래서 30분 이상은 되어야 할 설교는 10분 이내로 줄어들기 일쑤였고 그 나머지 시간은 찬양으로 채워졌다. 그리고 찬양 위주의 청년부 예배 중심에는 당연히 박주명이 있었다. 박주명은 청년부 회장이자 찬양 팀의 리더였다. 후렴구 중심의 반복 찬양은 박주명의 트레이드마크였다. 비록 20

여 명에 불과한 청년부였지만 그래도 그 숫자가 줄지 않는 데에
는 그들 모두가 다 반복 찬양이 주는 최면 카타르시스에 물들었
기 때문이었다. 그런 최면 카타르시스를 아무 곳에서나 다 만날
수 있는 것은 아니다. 그런 면에서 설교보다는 찬양을 중시하는
김 목사에게 박주명은 너무도 소중한 존재였다. 박주명 역시 자
신의 가치를 알아주는 김 목사가 고마울 수밖에 없을 것이다.

확실한 답이 없을 때에는 일단 이것도 저것도 아닌 대답으로
미루는 것이 최상이었다. 게다가 우리 기독교 안에는 이런 경우
모두를 만족시키는 너무도 멋진 '모범 답안'이 있지 않은가? 나
는 앞에 놓인 성경을 새삼 집어 들며 말했다.

"김 목사님, 잘 알겠습니다. 일단 이 문제를 놓고 하나님께
진지하게 기도해야겠습니다. 나뿐만이 아니라 김 목사님도 이
건 중요한 문제이니 만큼 나와 함께 기도해야 합니다. 그리고
하나님의 응답을 받은 후 다시 얘기하도록 하지요. 하나님께서
분명 김 목사님과 내게 동일한 응답을 주실 테니까요. 목사님도
잘 아시겠지만 이건 단순히 박주명 형제 개인의 문제가 아니지
않습니까? 박주명 형제가 목사가 된다면 앞으로 적게는 수십
명에서 많게는 수백, 수천 명의 영혼을 책임지는 사람이 되는
것이니까요. 물론 마음 같아서야 당장이라도 추천서를 써서 주

명 형제를 돕고 싶지만 나의 개인적인 욕심보다 더 중요한 건 하나님의 뜻 아니겠습니까?"

기도하고 다시 얘기하자는데 그 누가 감히 토를 달 수 있을 까? 기도 응답을 받은 후 다시 의논하자는데 누가 이러쿵저러 쿵할 수 있겠는가?

일단 좀 더 상황을 파악할 필요가 있었다. 김신수 부모의 마음을 왜 내가 모르겠는가? 내가 그 부모 입장이었다면 박주명에 대해 똑같은 마음이 들지도 모른다. 그러나 내 추측이 맞다면, 정말로 그 부모가 앞으로 이 교회를 책임질 사람으로 박주명을 생각하고 있다면, 그건 심각한 문제였다. 단순히 내 거취 문제를 떠나, 박주명처럼 노래만 딥다 불러대고 주문만 딥다 외우는 것이 신앙이고 믿음이라고 생각하는 사람에게 교회를 맡길 수는 없는 노릇이었다. 물론 혹자의 눈에는 나도 박주명과 별반 차이 없는 똑같은 부류로 보일 수 있다. 매주 사람 숫자에 연연해 한 명이라도 교인이 줄면 안절부절못하고 몇 명이라도 숫자가 늘면 그날은 온 세상을 다 얻은 것같이 기분 좋아지는 속물이니 말이다. 하지만 최소한 내게 있어 신앙이란 감정의 널뛰기를 하는 롤러코스터는 아니다. 그래도 지난 몇 년간 이 교회에서 교인들을 말씀으로 가르치고자 애를 썼다. 나의 노력이 모자라서 그런지, 아니면 나라는 사람의 그릇이 원래 그것밖에 안 되서 그런지 모르지만. 아마 둘 다겠지…… 교회는 몇 년간 정체 상태이다. 나는 그 사실을 부정하지 않는다. 하지만 내게 더 큰 절망을 주는 것은 김신수의 부모와 같은 사람이다. 교회 내에서 지도자급에 속한다 할 그 부부가, 박주명의 무당 푸닥거리와 같은 주문에 현혹되어 정신을 못 차리는 모습은 내게 큰 좌절감을 안겼다.

아무리 자신의 어머니라고 해도 그분의 전 생애와 완전히 모순되는 그 마지막 순간을 놓고, '우리 어머니는 구원받고 천국 갔습니다'라고 공개적으로 떠들고 다니는 김신수의 부모에 대해 내 믿음의 옳고 그름을 떠나 결코 긍정적인 시선을 보낼 수는 없었다. 무엇보다 김신수 할머니 생의 마지막 순간을 자신의 의지와 관계없이 사람들의 입방아에 오르도록 한, 정말로 그 할머니가 불교에 쏟은 모든 정성을 순식간에 허망한 짓으로 보이도록 만든 박주명에 대해서는 분노마저 느꼈다. 물론 시간이 가면서 김신수 부모님과 박주명에 대한 나의 감정들은 자연스럽게 사그라졌지만, 오늘 아침 박주명이 목사가 되겠다는 말에 한 동안 가라앉았던 그 감정들이 꿈틀거리며 고개를 들었다. 만약 정말로 이 모든 일 뒤에 김신수의 부모가 있다면…… 나도 모르게 속에서 뜨거운 무언가가 끓어오름을 느꼈다. 무능할지는 몰라도 나는 박주명과 같은 무당 푸닥거리를 하는 목사가 결코 아니다. 내가 그날 병원에서 김신수 할머니의 입에서 '하나님'이라는 단어를 끄집어내지 못했다고 나를 박주명과 동일선상에 놓고 무능한 목사로 치부하는 김신수 부모의 시각에 절대 동의할 수 없다.

'그래, 말도 안 돼. 어떻게 나를 박주명 같은 인간과⋯⋯.'

하지만 따지고 보면 김신수의 부모를 그런 수준의 신자로 만든 사람은 다름 아닌 나일지도 모른다. 오늘 새벽 내 설교를 생각해보라. '새벽기도의 축복'이라는 제목으로 사람들 귀에 듣기 좋은 소리들로 대충 뜯어 맞춘 그 설교와 박주명의 주문이 뭐가 다른가? 순간 이런 상념이 떠오르자 나는 고개를 세차게 흔들면 그 생각을 밀어냈다.

'장 목사, 너 미쳤어? 결코 그렇지 않아. 어떻게 내 설교를 박주명의 그런 무당 푸닥거리와 비교해. 지금 내가 무슨 생각을 하는 거야?'

오전 11시

교역자 회의를 마치고 방에 잠시 앉아 있다가 답답한 마음에 밖으로 나왔다. 만약에 일이 잘못되어 몇 달 후부터 이 교역자 회의에 박주명이 전도사라는 이름으로 참석한다고 상상하니 벌써부터 방 안의 공기가 숨 막힐 듯 답답해졌다. 아무리 부정하려고 해도 박주명 뒤에 서서 나를 보며 고개를 흔드는 김신수 부모의 얼굴이 보일 것 같아 더 이상 교회 사무실에 앉아 있을 수 없었다. 평소 같으면 낮에는 주로 세탁소를 하는 교인들 가게 두세 군데를 예고 없이 방문하는 것이 나의 심방이었다. 그리고 일주일에 두 번 정도 저녁에는 주로 교인들 집으로 아내와 함께 정식 심방을 갔다. 낮에 약속도 없이 맥도날드 커피 몇 잔을 손에 들고 자신들이 일하는 가게로 깜짝 방문하는 목사는 교인들에게 척박한 이민 생활 중 느끼는 작은 기쁨이기도 했다. 이곳에 사는 한국 교포들의 공통점이 있다면 딱 하나이다. 남으로부터 인정받고 싶다는 간절한 갈망, 바로 그것이다. 물론 남에게 인정받고 싶어 하지 않을 사람이 세상에 어디 있겠는가마는, 여기 미국에 사는 한인들은 그 정도가 더 심하다. 아무리 발버둥 쳐도 백인으로 표상되는 미국 주류 사회 속으로 들어갈 수 있는 사람은 정말 말 그대로 백 명 중 한 명이나 될까? 그 나머지는 다 나름 빵빵했던 한국에서의 경력들은 뒤로 하고 말도 제대로 안 통하는 '영어 장애인'으로 살고 있다. 그들 중 대부분은 무슨 일이 있어도 자식들만은 여기 주류 사회에서도 인정받는 '진정한 미국인'으로 키우겠다는 일념으로 힘든 하루하루를 버틴다. 나름 화려했던 과거를 묻은 채 사는 그들로서는, 그렇기에 남으로부터 자신의 인생을 인정받는다는 게 그 무엇보다 중요할 수밖에 없었다. 미국 교포 사회에서 교회가 가지는 위치가 한국 내 교회의 위치와 비교해 더 중요할 수밖에 없는 이유가 바로 여기에 있다. 미국에서 한국인들이 인정받을 수 있는 장소는 오로지 교회밖에 없기 때문이다. 교회 다니는 한국인들의 삶은 교회로 시작해 교회로 끝난다고 해도 전혀 과언이 아니다. 그렇기에 교회 안은 항상 이런저런 일들로 바람 잘 날이 없다. 하지만 그런 만큼 동시에 목사가 1달러짜리 맥도날드 커피라도 사들고 자신들의 가게를 방문해주는 것은 그들에게 꽤 가치 있고 근사한 일이 될 수 있는 것이다. 나는 몇 번이나 교인들끼리 이런 얘기를 나누는 걸 지나가다가 들었다.

"어제 장 목사님이 집사님 가게에 오셨다면서? 또 맥도날드 커피 사오셨지? 하여간 맥도날드에서 우리 목사님한테 표창장 줘야 한다니까."

사람들은 맥도날드 커피라는 단어에 애정을 듬뿍 담아 이렇게 말하곤 했다. 사람들이 많으면 모르지만 지금 우리 교회 규모에서 내가 정기적으로 이런 식의 '간이 심방'을 하면 최소한 6, 7개월에 한 번은 서로 얼굴 마주보면서 얘기할 수 있다. 물론 그러면서도 한편으로는 제발 만 명, 2만 명 넘는 큰 교회의 목사가 되었으면 하는 불타는 갈망이 내 안에 있지만 또 한편으로는 이 정도 규모에서 이렇게 사람들에게 위로를 주는 목사로 산다는 데에 대한 나름의 만족도 있다. 갈망과 만족 중 어느 쪽이 더 크냐고 누군가 내게 묻는다면? 물론 사람은 현재 자기 손에 없는 것이 더 커 보이기 마련이다.

만약 내가 나의 본심과 달리 '만족'이 더 크다고 대답하면 누군가는 내 속내를 꿰뚫어보며 이렇게 말할지도 모르겠다.

"만족해야지, 별 수 있어? 어차피 장 목사, 당신 능력으로는 아무리 원해도 안 되는 거잖아. 그러니 현재 상황을 어떻게든 합리화하면서, 바울이 말한 자족이라는 말을 품고 살아야지. 안 그래?"

아무튼 나의 이런 맥도날드 커피 간이 심방으로 인해 나와 교인들 간에는 장벽이 없는 편이었다. 최소한 어떤 집에서 어떤 일이 일어나고 있는지 정도는 다 알고 있다. 모든 교인들의 각 식구 이름까지는 다 못 외워도 얼굴을 보면 누구 집 식구인지 알고 또 그 집에서는 요즘 무슨 일들이 있는지까지 말이다. 나는 그것이 목회, 목양라고 생각한다. 어떻게 보면 아까 교역자 회의에서 내가 목양을 담당하는 박 목사에게 필요 이상으로 화를 낸 이유도 내 나름으로는 그 부분에 있어서만은 자신이 있었기 때문이기도 하다. '나는 우리 교인들에 대해서는 누구 못지않게 잘 안다'라는 은근한 자신감 말이다. 그런데 이런 나의 자신감에 큰 함정이 있음을 나는 오늘 알았다. 웬만큼은 잘 알고 있다고 믿어 의심치 않았던 김신수 가족에 대해서 나는 실상 아무것도 몰랐던 것이다. 비록 '김신수 할머니 구원 사건' 이후 그들에 대해 조금 실망하기는 했지만 그래도 김신수의 부모는 이 교회를 떠받치는 든든한 신앙의 소유자라고 생각했었다. 그들이 매달 내는 그 적지 않은 십일조 액수를 볼 때마다 나는 그 부부의 신앙에 감탄하곤 했다. 하지만 정작 나는 그 부부가 추구하는 신앙의 본질 혹은 신앙의 정체에 대해서 전혀 몰랐던 것이 아닐까? 정말로 박주명을 통해 그들이 이 교회 내에서 뭔가를 하려고 한다면…… 나는 고개를 저었다. 하지만 내 머릿속에 드는 모든 생각들을 다 지울 수는 없었다.

그동안 내가 자부하던 '맥도날드 커피 심방'은 어쩌면 역설적이게도 나의 목회가 맥도날드 커피와 같은 싸구려임을 반증하는 것은 아니었을까? 나는 말 그대로 인스턴트 목회를 해온 그런 '삯군 목사'가 아니었을까? 내가 맥도날드 커피를 들고 심방한 집에서 과연 얼마나 진지하게 신앙에 대해 믿음에 대해 또 삶에 대해 그들과 얘기를 했던가? 고작해야 시시껄렁한 신변잡기나 웃고 떠들며 나누다가 헤어지기 일쑤였다. 그러니 나는 그들을 안다고 생각했지만 실상 전혀 알지 못했던 것이다. 어쩌면 이런 식으로 빈 껍데기와 같은 관계인 교인이 김신수 부모만이 아닐 것이다. 내가 안다고 생각했던, 내가 친하다고 생각했던 수많은 교인들에 대해 나는 사실 아무것도 모르는 그런 목사일지도 모른다.

'그래, 장 목사. 오늘 새벽의 정 집사는 어때? 내가 그에 대해서 정말 제대로 아는 게 뭐지? 예방 목회? 웃기지 마. 남은 속여도 자기 자신은 속일 수 없어……'

오만 가지 잡상이 머릿속을 스쳐 지나갔다. 나는 하루도 거르지 않던 맥도날드 커피 심방을 오늘 하루는 쉬어야겠다고 생각했다. 그리고 오늘만은 혼자 조용히 맥도날드에 앉아 커피를 마시며 나의 지난 목회, 심방을 점검하고 싶었다. 내가 거의 하루도 빠지지 않고 커피를 사러 들리는 교회 옆의 맥도날드를 지나 교회에서 30분 이상 떨어진, 내가 그간 한 번도 들어가 본 적 없는 생소한 맥도날드에 차를 세웠다. 아직 점심시간이 되지 않아서인지 가게 안은 한산했다. 나이 먹은 백인 두세 명과 젊은 멕시코인 한 쌍이 있을 뿐이었다.

'혼자 이렇게 커피를 마신 적이 실로 얼마만이지?'

한참을 생각해도 이 질문에 대한 답이 떠오르지 않을 정도로 그동안 나 혼자만의 시간을 팽개치고 교회를 위해 이리저리 정신없이 뛰어다니며 살았구나 하는 상념이 들었다.

오후 12시

얼마 동안 그렇게 앉아 있었을까? 내 핸드폰이 급하게 울렸다. 아내의 전화였다. 평소 낮 시간에 내게 전화하는 일이 없는 아내였다. 나는 불안한 마음으로 핸드폰을 들었다.

"은정이가 집에 왔어요. 당신 지금 급한 심방 아니면 바로 집으로 와야겠어요. 애가 이상한 소리를 해요."
"여보, 무슨 소리야? 우리 은정이는 지금 수련회 갔잖아. 내일 돌아오는 거 아니었어? 왜 애가 벌써 집에 왔다고? 혹시 어디 아픈 거야?"

나는 가슴이 철렁했다. 수련회 도중에 혼자 돌아왔다면 분명 어디가 많이 아픈 것임에 틀림없다. 내년이면 대학을 가는 은정이는 고등학교 마지막 해인 12학년이 될 때까지 말 그대로 부모 속 한 번 썩힌 적이 없는 딸이다. 나는 은정이에게 언제 마지막으로 잔소리를 했는지조차 가물가물했다. 게다가 자기 할 일만큼은 누구보다 철저한 딸은 학교 공부는 말할 것도 없고 교회 생활에 있어서도 철두철미하게 자신을 관리하고 통제했다. 어떤 모임이든 늦은 적이 없고 자신이 맡은 일이라면 그 일이 크든 작든 관계없이 깔끔하게 마무리하는 딸이다. 교회에서 은정이를 잘 아는 사람들은 내게 진담 반 농담 반으로 이런 식으로 말하기까지 했다.

"목사님은 다른 건 몰라도 우리가 자식들 때문에 얼마나 힘든지 전혀 모르시죠? 은정이 같은 딸을 뒀으니 당연하지요. 그렇다면 목사님은 자녀 문제로 인해 고민하는 부모를 향한 설교를 할 자격이 없는 거 아닌가요? 아니, 가만. 거꾸로 생각하면 은정이 같은 딸을 둔 목사님이니까 자녀 교육에 대한 설교는 누구보다 잘하실 수 있는 건가? 뭐가 뭔지 모르겠네, 이거……."

그런 말까지 듣다 보니, 어떤 때에는 내 자식이지만 쟤 속에 진짜로 내 피가 흐르나? 라는 생각까지 들게끔 하는 딸아이다. 오죽하면 신자들 사이에서 교회 사상 최초로 하버드를 입학하는 아이는 은정이가 될 거라는 말이 공공연하게 떠돌겠는가? 그런 애가, 그런 은정이가 수련회 중간에 집에 돌아와? 분명 어디가 심각하게 아프지 않고서는 말이 안 되는 상황이다.

"아뇨. 일단 집으로 오세요. 은정이가 아파서 온 건 아니에요."

아프지 않다니 일단 안심은 됐지만 마음 한구석에서 평소와 다른 행동을 한 딸에 대한 뭐라 형용하기 힘든 불안감이 피어올랐다. 하지만 전화로 이러쿵저러쿵 떠들 시간이 없었다. 바로 맥도날드를 나왔다. 손에 들려 있던 커피는 반도 마시지 못한 채 쓰레기통으로 향했다.

내가 집에 도착했을 때 은정이와 아내는 부엌 식탁에 서로를 마주보고 앉아 있었다. 뭐지 이 낯선 분위기는……? 아내와 딸은 친구 사이라고 불러도 이상하지 않을 만큼 서로 친한 사이이다. 딸도 엄마에게 못 할 말이 없고 아내 또한 마찬가지이다. 둘은 특히나 나에 대한 험담을 할 때에는 유독 죽이 잘 맞곤 했다.

그런데 그런 두 사람이 내뿜는 분위기는 지금까지 단 한 번도 경험한 적이 없는 어색한 긴장감으로 가득 차 있었다.

"은정아, 이게 무슨 일이니? 아니, 어떻게 온 거야? 누가 데려다 줬어? 차도 없었을 텐데."

은정이가 속한 중고등부는 집에서 두 시간 이상 떨어진 인디애나 주의 한 수련회장으로 떠났었다.

"마침 일 때문에 빨리 돌아가야 하는 선생님이 계셔서 그 선생님이 태워주셨어."
"그랬구나…… 그런데……."

나는 말하기 전에 아내를 보았다. 아내는 나의 시선을 피했다.
내가 미처 무슨 말을 꺼내기도 전에 은정이가 들릴 듯 말듯 작은 소리로, 그러나 그 속에 분명한 단호함을 담아 내게 물었다.

"아빠, 아빠는 기독교가 말이 된다고 생각해요?"

평소에는 엄마는 말할 것도 없이 내게도 반말을 쓰는 아이였다. 하지만 뭔가 심각한 얘기를 할 때면 은정이는 나와 아내에게 존댓말을 썼다. 일부러 그러는 것이 아니라 자신도 모르게 자연스럽게 존댓말이 나오는 듯싶었다. 전혀 생각지도 못했던, 아니 상상조차 못했던 말이 은정이의 입에서 나오는 순간 나도 모르게 헛기침이 나왔다. 그리고 애써 침착함을 유지하며 대수롭지 않은 듯이 억지 미소까지 지으며 말했다.

"은정아, 그게 갑자기 무슨 소리니? 기독교가 말이 되냐니? 우리가 하나님을 믿는 일을 가지고 말이 되니, 안 되니 하는 말을 하는 건 좀 아닌 거 같은데?"

나는 그 짧은 순간 수없이 나 자신에게 암시를 걸고 또 걸었다.

'대수롭지 않게, 아무것도 아니라는 식으로 넘기면 돼. 내가 심각하게 받아들이면 애는 더 심각하게 반응할거야. 그냥 아무것도 아니라고, 그냥 지나가는 생각이라는 식으로 최대한 짧고 간단하게 이 시간을 넘겨야 해.'

그러고는 나는 아내를 향해 마치 아무 일도 없다는 양 말했다.

"여보, 우리 은정이 피곤하겠는데 그만 들어가서 쉬라고 하지. 애가 어제 집회 때문에 잠도 제대로 못 잤을 거 아니야."

여기서 은정이가 나를 잡고 늘어지지만 않으면 이 순간은 애초에 존재하지 않았던 시간으로 지나갈 것이다. 그냥 아무것도 아닌 것이다. 아무것도…… 나는 은정이를 안다. 우리 딸을 안다. 우리 딸은 제 부모를 곤란하게 할 아이가 아니다. 그냥, 오늘 애초에 있을 필요도 없었던 일이 잠시 일어난 것뿐이다. 그 이상도, 그 이하도 아니다. 나의 인생에도, 은정이의 인생에도 또 우리 가족에게도 없었던 시간이 될 수 있다.

그런데 정작 문제는 딴 데서 터졌다.

"여보, 무슨 소리를 하는 거예요? 애가 하는 말 못 들었어요? 애가 기독교를 못 믿겠다잖아요. 기독교가 말이 되냐고 묻고 있잖아요? 당신은 지금 뭐하는 거예요? 당신, 그러면서 목사 맞아요? 애가, 우리 딸이 이런 말을 하는데 어떻게 아무 일도 아니라는 식으로 넘어가려고 해요?"

아내가 나를 향해 분노와 원망으로 뒤범벅이 된 목소리로 고함쳤다.

그렇다. 내가 한 가지 사실을 간과했었다. 아내는 나와 다르다는 사실을…… 다른 점이 어디 한두 가지겠는가만은 신앙과 관련해 나와 아내가 '아주 많이' 다르다는 사실을 잠깐 망각했다. 아내는 철저한 기독교 집안에서 태어나 단 한 차례의 의심과 회의 없이 40년 넘도록 신앙생활을 이어온 사람이다. 아내의 아버지도 내 아버지와 마찬가지로 장로였다. 교회와 목사에게 충성하는 것이 하나님께 충성하는 것이라는 믿음 속에 평생을 살아온 한국 대부분의 장로들 중 하나였다. 내가 지금도 장인, 장모를 보면 그분들의 점잖은 태도에 감동을 받는다. 수십 년을 만난 사위인 내게 아직까지도 두 분은 '목사님'이라 깍듯이 높여 부르며 예의를 지킨다. 스스로 세운 원칙들에서 단 1밀리미터의 오차도 없이 그 안에서만 살아온 성실한 분들이다. 아내는 그런 분들의 피를 그대로 이어받은 장녀이고 그런 아내에게 자신 속에 굳어진 원칙은 이 세상 그 어떤 것보다 중요했다. 신앙과 관련한 아내의 사고 속에는 단 1퍼센트의 의심이나 회의, 불안 따위는 존재할 수 없었다. 물론 애초에 그런 부정적인 감정이 아내 마음속에서 생길 리 만무하지만, 만약에라도 그런 불씨가 아주 미세하게라도 마음속에서 피어오른다면 아내는 당장 그 불씨를 발로 밟아 꺼버릴 사람이다. 그런 생각 자체가 아내에게는 '죄'이기 때문이다. 아내는 지금까지 그렇게 믿어

왔고 지금도 그렇게 믿고 산다. 그게 나의 아내이고 은정이 엄마이다.

한창 아내와 연애하던 시절 아내는 나의 신앙을 지켜보면서 순간순간 불안해하곤 했었다. 나는 생각만은 자유롭게 하는 것이 인간의 특권이라고 믿는 아버지 밑에서 자랐다. 비록 아버지도 교회 안에서는 한없이 보수적이고 원칙적인 장로들 중 하나였지만, 사고만큼은 자유로운 분이셨다. 단 자신의 자유로운 사고를 밖으로 표출했을 때 교회 안에서 문제 제기가 될 것을 알았기에 굳이 표현하지 않으셨을 뿐이었다. 그런 아버지는 내게 세상일들에 대해 맘껏 질문하고 고민하고 의심하고 회의하라고 말씀하시곤 했다. 지금도 기억나는 아버지의 말이 있다.

"의심할 줄 모르는 것은 동물이지. 사람이 어떻게 의심을 안 하고 살아? 종종 내가 정말 나인지도 모르겠고 내가 사는 이 세상이 진짜 세상인지도 모르겠는데 말이야."

처음 이 말을 들었을 때 무슨 뜻으로 한 말인지 전혀 이해하지 못했다.

'내가 나인지를 모르겠다니? 무슨 귀신 씨나락 까먹는 소리

를 하시는 거야? 내가 나지, 그럼 내가 다른 사람인가? 이 세상이 가짜면 나도 가짜게?'

하지만 그땐 난 아버지께 물을 수 없었다. 뭘 알아야 질문을 하지, 그 말 자체를 이해 못 하는데 무슨 질문을 하겠는가? 그런데 아버지로부터 불가사의한 말을 들은 지 근 15년이 흐른 1998년, 나는 아버지가 겉은 보수적인 장로였지만 내면에서만큼은 시대를 앞질러간 선각자였음을 알았다. 나는 아버지가 남긴 그 말의 의미를 1998년에 나온 한 영화를 통해서 알게 되었다.

'매트릭스'.

지금의 내가 진짜 나인지, 지금 살고 있는 이 현실이 진짜 현실인지, 무엇이 진짜이고 무엇이 허상인지를 정말로 단단히 고민하게 만든 그 영화를 보고 나는 아버지의 혜안을 진심으로 존경하게 되었다. 아버지는 영화 '매트릭스'가 만들어지기도 한참 전에 이미 그 영화가 제기하는 존재론적 회의를 갖고 사셨던 것이었다.

아무튼 나는 그런 부모, 특히 아버지 밑에서 영향을 받으며 자랐다. 나 역시 아내와 마찬가지로 모태신앙으로 자랐다. 실상 교회라는 공간은 내 삶의 자궁과도 같은 곳이었다. 초등학교를 지나 중고등학교를 거치는 내내 나는 교회가 규정지은 영역에서 벗어난 적이 한 번도 없었다. 교회에서 그르다는 일은 절대 하지 않았고 교회에서 좋은 일이라고 하면 어떻게든 열심히 하려고 애썼다. 그랬다. 나는 대학에 들어갈 때까지는 '내가 혹시 사실은 사람이 아니라 고양이가 아닐까?'라는 질문을 해본 적이 없듯이 하나님의 존재, 기독교의 절대적 진리성에 대해서 단 0.1초도 의심한 적이 없었다. 그러나 대학에 들어가 내 생각은 많은 변화를 겪었다. 대학에서 읽은 여러 책들을 통해 나는 과거 한 번도 묻지 않았던, 아니 물을 수 없었던 질문들을 던지기 시작했고, 그 후로 기독교에 대한 내 생각은 가히 혁명적이라고 해도 과언이 아닐 정도로 변했다.

나는 대학 시절 3년 이상 아예 교회에 발걸음을 하지 않았다. 바로 이 부분에서 아버지의 위대함이 드러났다. 그런 나를 향해 아버지는 한 번도 교회와 관련하여 어떤 강요를 하신 적이 없었다. 어머니가 종종 내게 걱정스러운 말을 하곤 했지만 아버지는 교회 근처에도 가지 않는 자기 아들에게 하나님, 예수님, 교회와 같은 종교적 단어조차 입에 담지 않았다. 물론 나도 무슨 생각으로 교회를 가지 않는지 아버지께 말하지 않았다. 지금 생각하면 아버지는 나를 믿었었고 나는 아버지가 곤란해할지 모르는 질문들을 던지고 싶지 않았던 거 같다. 더 솔직히 말하자면 나는 아버지가 결코 대답할 수 없는 질문들을 아버지께 던지면서 내가 갖고 있는 아버지에 대한 환상을 깨고 싶지 않았는지도 모른다. 아니, 아버지의 인생을 복잡하게 만들고 싶지 않았는지도 모르겠다.

당시 내가 교회에 발을 딱 끊은 데에는 두 가지 직접적인 이유가 있었다.

첫째는 어느 날 아침 신문 한구석에 실린 기사 때문이었다. 한 여자가 새벽기도를 다녀오다가 여러 명의 깡패에게 윤간을 당한 사건이었다. 나는 그 기사를 읽는 순간 자신에게 기도하고 돌아가는 여자 하나 지켜주지 못하는 하나님에 대한 심각한 분노를 느꼈다. 신학적으로 말하면 당시 '인간 고통의 문제'에 직면했던 것이다.

두 번째는 어느 날 내 친구가 지나가듯이 했던 말 때문이었다. 이 친구는 초등학교 때부터 나와 친한 교회 친구였다. 그 친구가 내게 이렇게 말했다.

"세기야, 너 한번만 하나님이 없다는 증거들을 찾아봐. 그게 훨씬 더 많아. 하나님이 있다는 증거보다 말이야. 나는 요즘 하나님이 없는 증거들 찾아서 모으고 있어. 이거 엄청 신기해. 조금만, 아주 조금만 마음을 열고 보면 하나님이 없다는 증거가 끝도 없이 나와. 그러니 있다는 증거가 없는 하나님을 어떻게 믿니? 믿음은 눈에 보이지 않는 것이라는 둥 핑계를 대지만 그런 식으로 하면

이 세상에 우리가 믿지 못할 신이 어디 있어. 안 그래?"

나는 처음에 그 친구가 미쳤다고 생각했다. 그런데 친구의 말은 내 속에 닫혀 있던, 한 번도 열리지 않았던, 내 속에 존재하고 있다는 사실조차 몰랐던 판도라의 상자를 열었다. 그날 이후 내 눈에도 하나님이 없다는 증거들이 하나씩 들어오기 시작했다.

김일성이 저렇게 나이 먹도록 잘 먹고 잘사는 이유는 하나님이 없기 때문이었다.

나보다 하나도 나을 것 없는 저놈이 돈 많은 부모 만나서 저렇게 잘나가는 이유는 하나님이 없기 때문이었다.

아프리카에 흉악한 기근이 들어 하나님의 이름조차 들어보지 못한 수많은 사람들이 죽는 이유는 하나님이 없기 때문이었다.

그리고, 그 불쌍한 여자가 새벽에 기도를 마치고 집으로 돌아가다가 윤간을 당한 것도, 그렇다. 하나님이 없기 때문이었다.

과거에는 아무리 물어도 답을 찾을 수 없던 질문들이 '하나님이라는 존재가 없다'라는 시각으로 세상을 보기 시작하자 더 이상 답이 없는 질문들이 아니었다. 이런 고민에 한창 빠져 있을 때 아내를 만났다. 당시 나는 아내에게 기독교에 대한 내 생각을 구체적으로 밝힌 적이 없었다. 아내는 단지 내가 왜 교회를 다니지 않는지 이해하지 못할 뿐이었다. 나는 하나님은 교회에만 계시지 않고 우리 삶 속에 있다는 궤변을 펼쳤다. 예배를 반드시 교회 건물에서만 드리는 것이 아니라 내가 있는 곳 어디에서나 예배를 드리면 된다는 식으로 구슬리며 어떻게든 아내가 내 곁을 떠나지 않도록 하는 데에만 최선을 다했다. 아내는 내가 신앙이 없다면 결혼은 고사하고 나와 연애를 할 리도 만무한 사람이었다. 나는 그렇게 오랫동안 내 생각을 아내에게조차 감추고 살았고 그러한 비밀을 순진한 내 아내는 눈치채지 못한 채 나와 결혼까지 했다. 아니, 아내가 아무것도 모른 채 결혼했다는 건 사실 내 착각일지도 모른다. 아내는 단지 보고 싶지 않은 것에 대해 눈을 감았던 것일지도 모른다. 그렇다, 그냥 모르는 척했을 뿐이었으리라.

그런 아내의 무의식 속에 잠재되어 있던, 과거의 나로 인한 불안과 공포가 오늘 이 순간 은정이를 통해서 아내의 무의식의 그 딱딱한 껍질을 뚫고 마침내 그 모습을 드러낸 것인지도 모른다. 나와 연애하는 내내 나를 보며 그냥 속으로만 삼키고 또 삼켰을 그 불안과 공포가 오랜 시간을 지나 지금 아내의 마음속에서 형태를 띠고 제 모습을 드러내고 있는 것이리라. 그래서 아내는 지금 그렇게 은정이에게, 또 내게 과민하게 반응하는 게 아닐까? 게다가 까놓고 얘기해서 아내에게는 나보다 은정이가 훨씬 더 소중한 존재이다.

"여보, 당신이 목사예요? 애가 지금 하나님을 못 믿겠다잖아요? 목사라는 사람이 지금 그런 식으로 대충 때우고 넘어가는 게 말이 돼요? 뭐라고 말 좀 해봐요. 은정이가 남이에요? 우리 딸이라고요. 우리 딸…… 지금 우리 딸이 지옥 가게 생겼어. 당신 이걸 어쩔 거야, 응, 어쩔 거냐고!"

아내는 내가 알던 '그 사람'이 아닌 듯했다.

"아니, 여보. 은정이가 언제 하나님을 안 믿는다고 했어? 은정이는 이 나이면 누구나 다 갖는 그런 질문을 하는 것뿐이야. 왜 이렇게 당신 과민 반응하고 그래? 자, 들어가자고. 나중에 얘기하자고."

그러나 나의 시도는 허망했다.

"여보, 당신 은정이가 아까 나한테 뭐라고 했는지 알아요? 내가 듣다가 하도 황망해서…… 더 이상 들을 수가 없어서 당신 보고 오라고 한 거예요. 제발 당신이 목사면, 아니 당신이 은정이 아비면 그렇게 아무 일도 아닌 척 넘어가려 하지 말고 여기

106

앉아서 애 말 좀 들어봐요. 여보, 어떡해요? 우리 은정이 어떡하냐고요. 우리 딸이에요. 우리 딸⋯⋯ 내 딸이라고⋯⋯."

　결혼 후에도 내 속에 잠재되어 있는 기독교에 대한 근원적인 회의는 결코 깨끗하게 사라지지 않았다. 그러나 그 회의는 시간이 가면서 조금씩 바뀌었다. 무엇보다 미국이라는 생소한 곳에서 직장 생활을 시작한 내게 '의지할 누군가'는 실로 절박한, 현실적인 문제였다. 옳고 그르고보다, 말이 되냐 안 되냐보다 훨씬 더 중요한 것은 '현실적 필요'였다. 노란 동양인의 얼굴로 하얀 백인들을 상대하며 돈을 벌어야 했던 나는 어느 날부터인가 자연스럽게 내게 가장 익숙한 존재, 내가 태어나면서부터 부르던 그 존재, '하나님'을 찾기 시작했다. 특히 중요한 비즈니스 전화를 하기 전에, 비즈니스 미팅을 하기 전에는 더 간절하게 하나님을 찾았다. 그리고 어느 순간부터 나는 자연스럽게 교회를 다니고 있었다. 그리고 어린 시절 그랬듯이 하나님의 존재는 너무도 당연하게 다시금 내 삶 속에 들어와 나의 일부분이 되었다. 나는 과거 어린 시절처럼 손을 들고 찬양하고 소리 내어 울며 기도했다.

　그러던 중 상상도 할 수 없었던 어떤 '기적'이 내게 일어났다. 그렇다. 그 일은 '기적'이라는 단어 외에 그 어떤 말도 적절

하지 않다. 교회에서 흔히 말하는 '체험'이라는 단어로는 도저히 형용할 수 없었다. 그리고 그날의 기적은 내 인생을 180도 바꾸어놓았다. 당시 나는 조그만 영어 성경을 들고 시간이 날 때마다 꺼내 읽곤 했다. 내 신앙이 엄청나게 뜨거워서라기보다 그저 성경을 들고 출장을 가면 일이 더 잘 풀리는 것 같았기 때문이었다. 주머니에 들어가는 작은 영어 성경Living Bible을 지니고 미국 고객을 만나다 보면 말 한마디를 해도 더 자신 있게 할 수 있었다. 말이 막히는 순간 내 주머니에 들어 있는 이 작은 성경책에서 지혜가 흘러나와 내 막힌 입을 열어줄 것 같은 생각은 이상한 착각이 아니라 신앙이 가져다주는 현실적 해결이었다. 즉 작은 영어 성경은 내게 있어서 하나의 부적이었던 셈이다. 왜 옛날 사람들이 부적을 몸에 지니고 다녔는지 나는 100퍼센트 이해할 수 있었다.

뉴욕에서 일을 마치고 시카고로 오는 두 시간이 채 안 되는 그 비행시간 중에 나는 별 생각 없이 그 부적, 그러니까 성경을 꺼내 펼쳤다. 신명기 7장이 열렸다.

나는 읽기 시작했다.

"주 너희의 하나님이 너희가 들어가 차지할 땅으로 너희를 이끌어 들이시고 너희 앞에서 여러 민족 곧, 너희보다 강하고 수

가 많은 일곱 민족인 헷족과 기르가스족과 아모리족과 가나안족
과 브리스족과 히위족과 여부스족을 다 쫓아내실 것이다. 주 너
희의 하나님은, 그들을 너희의 손에 넘겨주셔서, 너희가 그들을
치게 하실 것이니, 그때에 너희는 그들을 전멸시켜야 한다. 그들
과 어떤 언약도 세우지 말고, 그들을 불쌍히 여기지도 말아라.
그러므로 너희는 그들에게 이렇게 하여야 한다. 그들의 제단을
허물고 석상을 무수고 아세라 목상을 찍고 우상들을 불살라라.
주께서 모든 질병을 너희에게서 멀리 떠나게 하시며, 이미 이집
트에서 너희가 알고 있는 어떤 나쁜 질병에도 걸리지 않게 하여
주실 것이다. 그러나 너희를 미워하는 사람은 모두 그러한 지령
에 걸리게 하실 것이다. 너희는 주 너희의 하나님이 너희에게 넘
겨 준 모든 민족을 전멸시켜야 한다. 그들에게 동정을 베풀어도
안 되고, 그들의 신을 섬겨서도 안 된다. 그것이 너희에게 올가
미가 될 것이기 때문이다. 또한 주 너희의 하나님은 말벌을 그들
가운데로 보내시어, 아직 살아남은 사람들과 너희를 피하여 숨
어 있는 사람들까지도 멸하실 것이다. 주께서 그들의 왕들을 너
희의 손에 넘기실 것이니, 너희는 그 이름을 하늘 아래에서 없애
버려, 아무도 기억하지 못하게 할 것이다. 너희는 너희와 맞설
사람이 하나도 없을 때까지 그들을 다 진멸시킬 것이다.”

그런데 그때 이상한 일이 벌어졌다.

신명기 7장은 온통 '죽이라'는 야훼의 명령으로 가득 차 있다. 이방에 속한 모든 것들을 가리지 말고 죽이라는. 정말로 구약의 신이 우리가 믿는 그 하나님이 맞나 하고 의심이 들 정도로 잔혹한 명령으로 가득 찬 문장이다. 그런데 영어 성경 신명기 7장 속의 그 수많은 '죽이라', 즉 'kill'이라는 단어들이 갑자기 영어 성경책에서 빠져나오기 시작했다. 그랬다. 정말 말 그대로 그 단어들이 책에서 빠져나와 살아 움직이며 내 몸을 감싸기 시작했다. 당시 나는 맥주 한 방울도 마시지 않은 상태였다. 그 어느 때보다 제정신이었고, 빨리 집에 가서 쉬고 싶은 마음만이 간절한 그냥 흔하디흔한 직장인들 중 한 명이었다. 그런 나를 '죽이라'는 단어들이 성경책에서 빠져나와 생생하게 살아 숨 쉬며 내 몸을 감싸기 시작한 것이었다. 그런데 너무나도 놀라운 건 나를 감싸는 그 단어들은 더 이상 '죽이라'는 단어가 아니었다는 점이다. 나를 감싸는 그 단어들이 내 몸에 닿는 순간 그 단어들은 '너를 사랑한다', 즉 'I love you'로 어느새 바뀌어 있었다. 나를 사랑한다는 그 단어들이 내 몸을 빙글빙글 돌며 좁은 이코노미석 의자에 앉아 있는 나를 꼭 감쌌다. 그 한 단어 한 단어가 내 몸에 닿을 때마다 느끼던 그 순간의 황홀감을 어떻게 나의 모자란 글로 표현할 수 있을까? 그 많은 단어들이 모두 성경책에 빠져나와 나를 완전히 감싼 바로 그 순간 내 귀에 분명한 음성이 들려왔다.

"세기야, 내가 왜 이 이방 것들을 다 죽이라고 하는 줄 아느냐? 그것은 그만큼 내가 너를 사랑하기 때문이다. 너를 너무 사랑해서 그런 것이다. 그 이방 것들이 살아남아 내가 이토록 사랑하는 너를 해치면 안 되기 때문이란다. 너를 위해 그것들을 다 없애야만 한다. 세기야, 나는 너를 이렇게까지 사랑한다."

나는 앉아 있던 그 자리에 고개를 처박은 채 내 정신과 육체 모두를 동시에 녹일 것만 같은 황홀감에 빠져 소리 내 울기 시작했다. 하나님의 사랑에, 그 뜨거운 사랑에…… 나를 너무도 사랑하기에 세상 모든 것이 다 없어져도 좋겠다고 하시는 그 깊은 사랑에 나는 미칠 것만 같았다. 여전히 내 몸을 둘러싼 채 나를 자극하는 살아 있는 글자들이 주는 황홀경에 주체하지 못하고 눈물을 흘렸다. 나는 그 순간 그 큰 비행기 안에서 오로지 혼자였다. 나와 하나님. 우리 둘만이 존재할 뿐이었다. 나는 몸을 떨며 그 사랑의 황홀경 속에서 흐느끼며 울었다.

몇 명의 스튜어디스가 달려왔다. 순식간에 비행기 안은 나로 인해 아수라장이 되었다. 승객들 중 일부는 테러범이 비행기에 탄 줄 알고 비명을 지르기도 했다. 9·11 테러가 일어나고 얼마 지나지 않았을 즈음이었다.

나는 그 기적 이후 회사를 그만뒀다. 그것은 내게 분명한 사인이었다. 앞으로는 하나님의 그 사랑을 전파하고 보답하며 살라는 하나님의 엄중한 명령이었다. 하나님만이 주실 수 있는 그 황홀한 사랑을 알면서 내가 이 회사 저 회사 다니면서 돈 좀 벌자고 웃음을 팔며 살 수는 없는 노릇이었다. 나는 더 이상 과거의 장세기가 아니었다. 나는 비로소 새롭게 태어났다. 성경이 분명하게 말하는 '새 피조물'이 된 것이었다.

갑자기 신앙적인 면에서 근본부터 변해버린 나를 보며 아내는 기뻐함과 동시에 두려워했다. 무엇보다 가장이 회사를 그만두는 바람에 가족으로서는 공포스러울 수밖에 없는 상황이었다. 매달 나오는 월급에 의지해 살던 우리 가정은 당장 닥쳐올 한 달을 버틸 생활비도 없었다. 게다가 몇 달만 있으면 둘째가 태어날 예정이었다. 그러니 느닷없이 신학교에 가서 목사가 되겠다는 나의 선언에 아내는 한편으로 안도감을 느끼면서도 훨씬 더 큰 불안감을 품은 것은 너무도 당연했다. 그러나 다행히 아버지가 도와주셨다. 아버지의 도움으로 나는 신학교를 다녔고 지금 이렇게 목사가 되었다. 아버지는 그때에도 내게 많은 말을 하지 않으셨다. 나는 아버지께 신학교 가서 목사가 되겠으니 2, 3년만 도와달라고 말씀드렸다. 아버지는 별 말 없이 흔쾌히 승낙하셨고, 아버지의 도움으로 비록 회사를 다닐 때만큼 넉넉하지는 않지만 생활 걱정을 않게 되자 아내는 비로소 마음껏 기뻐했다. 그때까지 마음 한구석에 갖고 있던 남편의 신앙에 대한 불안을 완전히 덜게 되었기 때문이었으리라. 그리고 나는 지금 그리 크지는 않지만 그래도 우리 네 식구가 먹고 사는 데에는 전혀 지장이 없는 아담한 교회의 담임 목사로 살고 있다.

모든 것이 은혜고 모든 것에 감사할 뿐이었다.

그런데…… 지금 여기 은정이가 이렇게 나를 바라보며 앉아 있다. 마주보고 앉아서 기독교를 받아들일 수 없다고 말하고 있다. 아버지라면, 내 아버지라면 지금 은정이에게 무슨 말을 하실까?

"은정아, 왜 갑자기 그런 생각을 하게 된 거니?"

그렇게 직접적으로 물어보지 않으셨을까. 피할 수 없다면 맞서는 수밖에 없다. 이건 아까 내가 김 목사에게 했던 '꼼수', 기도해보고 다시 얘기하자는 식으로 뒤로 미룰 수도 없는 문제였다.

다른 사람도 아닌 내 딸의 문제가 아닌가?

"갑자기가 아니에요. 오래됐어요."

"오래됐어?"

나는 놀랐다. 은정이는 이제 고작해야 한국 나이로 열여덟밖에 되지 않았다.

그런데 오래되었다고? 기독교가 말이 안 된다는 생각을 이 어린 아이가 오래전부터 했다고?

아내가 또다시 소리를 꽥 질렀다.

"누구야? 누굴 만나서 그렇게 된 거야? 도대체 어떤 이상한 애들하고 어울려 다녔길래 네가 이러는 거야? 너 사마르린다인가 수마르린다인가 하는 그 인도 애랑 친하더니 그 애 때문에 그러는 거지? 내가 몇 번을 말했어? 인도 애들하고는 친하게 지내지 말라고 했잖아? 소한테 절을 하는 이상한 나라의 애들하고 친하게 지내니까 이렇게 된 거잖아. 사람을 가려서 사귀어야 한다고 내가 얼마나 말했어. 인도가 제대로 된 나라야? 그게 정상적인 나라냐고? 신앙 좋은 미국 애들도 얼마나 많은데 하필이면 그 이상한 소 새끼를 믿는 애들이랑 사귀고 그래?"

"엄마, 이건 사마르린다와 아무 상관없어요. 그리고……."

은정이는 잠시 말을 끊었다. 뭔가 생각하는 듯 했다. 이 말을 해야 하나 말아야 하나를 망설이는 눈치였다.

"엄마, 인도는 소를 믿는 게 아니에요. 물론 그 사람들이 소를 믿든 크리슈나를 믿든 엄마 눈에는 다 똑같겠지만. 하지만 인도 사람들 눈에도 우리가 이상한 건 똑같아요. 이 세상 어디에도 아버지의 잘못으로 인해 그 자식을 죽이는 법은 없어요. 그런데 우리는 아담이 저지른 잘못으로 인해 모든 인간이 다 '영원히' 지옥에 간다는 말을 믿고 있어요. 하나님이 비를 내려 에베레스트 산까지 잠기는 홍수로 전 세계의 모든 인류가 다 물에 빠져 죽었다는 말을 우리는 진실이라고 믿고 있어요. 언제는 사랑한다면서 창조했다가는 언제는 갑자기 맘에 안 든다고 깡그리 물에 빠뜨려 죽였다는 게 전혀 이상하다고 여기지 않아요. 이 모든 황당한 얘기들이 우리야 태어나면서부터 맨날 듣다 보니 우리 귀에는 하나도 안 이상할지 몰라도 조금만 떨어져서 보면 얼마나 이상한지 아세요? 엄마, 인도 사람들이 설령 소한테 매일 절을 한다고 해도, 그 사람들이 우리보다는 더 나아요. 최소한 소는 우리한테 고기라도 주잖아요."

나도 모르게 입을 쩍 벌리고 은정이를 바라보았다. '애가 내가 알던 내 딸이란 말인가?'라는 생각에 순간 머릿속이 멍해졌다. 아니 어떻게 이 어린 아이의 머릿속에 이런 생각이 들어가 있단 말인가? 도대체 누가 우리 딸 은정이의 머리에 이런 생각들을 심었단 말인가? 도대체 누가?

나보다 아내는 최소한 열 배는 더 충격을 받은 듯했다. 아내는 아예 얼굴이 파랗게 질려 나와 은정이를 번갈아 쳐다보기만 했다. 도대체 무슨 말을 해야 할지 감을 못 잡는 얼굴이었다. 마치 길을 걸어가다가 노상강도를 만났어도 이보다는 덜 놀라지 않았을까? 내가 마지못해 입을 열었다.

"여보, 흥분부터 가라앉혀. 일단 은정이 얘기를 들어보자고. 당신답지 않게 왜 은정이 친구까지 들먹이고 그래. 우리 은정이가 이 사람 저 사람 말에 마구 휘둘리고 다니는 그런 애가 아니란 건 당신이 누구보다 잘 알잖아? 게다가 사마르린다는 공부도 잘하고 얼마나 예의 바른 아이인지 당신도 잘 알면서 그런 말을 하고 그래."

"애 친구들 중에 누가 사탄의 도구가 됐는지 겉모습만 보고 우리가 어떻게 알아요?"

은정이는 눈을 아래로 깔고 엄마도 나도 보지 않았다.

"은정아, 그래 좀 더 깊이 얘기해보자. 너는 지금 네가 무슨 얘기하는 건지 아니? 물론 누구나 다 한때 그런 생각을 할 수 있어. 할아버지가 언젠가 아빠한테 그러셨단다. 의심할 줄 모르는 건 동물이지 사람이 아니라고. 생각하고 의심하는 것은 인간의 특권이라고 말이야. 지금 아빠는 네가 잘못했다고 나무라는 게 아냐. 오해하지 마. 그냥 네 생각을 들어보자는 거야. 그냥 편하게 아빠랑 엄마한테 얘기해봐. 우선 왜 갑자기 수련회 중간에 집으로 돌아온 거야? 네가 이런 생각을 한다는 걸 혹시 친구들이나 담당 목사님도 알고 있니?"

나 자신이 혐오스러워졌다.

순간적으로 은정이가 기독교에 대해 의심하고 있다는 사실을 다른 사람들이 알까 봐, 무엇보다 내가 데리고 일하는 중고등부 전도사가 알까 봐 불안했다. 그리고 그런 질문을 딸에게 던지는 나 자신이 부끄러웠다. 그러나 어쩔 수 없었다. 내게는 지켜야 할 현실이 있었다. 내게는 지켜야 할 가족도 있지만 또한 지켜야 할 현실도 있다. 아니, 가족과 현실은 결코 별개가 아니다. 내가 똑바로 정신 차리고 내 현실을 지키는 것이 내가 가족을 가장 잘 지키고 사랑하는 길이다.

그러니 이런 질문을 던지는 나 자신에 대해 조금도 부끄러워할 필요 없다.

하지만, 하지만……

생각해보자. 자기 가족의 신앙도 제대로 책임지지 못하는 목사. 그게 무슨 목사인가? 그런 목사가 교회에서 무슨 설교를 하고 무슨 놈의 심방을 한다고 돌아다닐 수 있을까? 자기 가족의 신앙도 지켜내지 못하는 목사가 어떻게 다른 사람들 신앙을 책임질 수 있다는 말인가? 그것도 한국보다 몇 배는 더 보수적인 미국의 한인 사회 내에서 말이다.

갑자기 김신수 부모의 얼굴이 떠올랐다. 그리고 그 두 사람 곁에는 환하게 미소 짓고 있는 박주명의 얼굴이 떠올랐다.

은정이는 이런 내 심정을 빤히 안다는 듯 담담하게 대답했다.

"아무도 몰라요. 그냥 몸이 아파서 못 있겠다고 하고 왔어요."

드러낼 수 없는 안도감에 나는 아무 말도 할 수 없었다. 하지만 은정이 다시 말했다.

"아빠, 하지만 나 이번 주부터 교회 안 나가요. 아니, 못 나가겠어요."

아내는 도저히 믿을 수 없다는 얼굴로 나와 은정이를 번갈아 보았다. 그리고 그 얼굴 어딘가에는 이런 말이 숨어 있었다.

'그래…… 결국 그 아비에 그 딸이지…….'

순간 사라진 듯 했던 김신수 부모와 박주명의 얼굴이 다시 제자리를 찾아 돌아왔다.

"은정아, 뭐든지 너무 급작스럽게 결정하는 건 좋지 않아. 일단 아빠랑 얘기를 하자. 무엇보다 아빠가 너한테 잘못한 게 너무 많구나. 그동안 교회 일 핑계로 바쁘다고 너와 좀 더 대화를 못 나누어서 그랬구나. 이게 다 아빠 잘못이다. 은정아, 아빠 잘못이야."

"아빠하고는 전혀 관계없는 내 문제에요."

은정이는 얘가 내가 알던 그 딸이 맞을까 싶을 정도로 또렷하게, 그리고 차갑게 내 말을 받았다.

"아빠, 그냥 못 믿겠어요. 아빠가 이것저것 더 이상 안 물었으면 좋겠어요. 아까 엄마 때문에도 너무 힘들었어요. 그냥 말이 안 되니까 못 믿겠다는 것뿐이에요. 수련회에서 앉아 있는데 정말 미치는 줄만 알았어요. 자기도 무슨 소리를 하는지 모르면서 앞에서 떠드는 전도사님을 향해 정말로 몇 번이고 자리에서 일어나 외치고 싶었어요. 전도사님, 그게 도대체 무슨 소리에요? 지금 그게 말이 된다고 생각하세요, 라고 말이에요. 애들은 더 가관이에요. 예배 시간 내내 잠만 자다가 드럼 치고 노래 부르면 손 번쩍 들고 방방 뛰면서 눈물을 흘려대요. 세상에 이건 완전 코미디에요, 코미디. 이런 코미디가 세상에 없어요."

'그래, 네가 내 딸이 맞기는 맞구나.' 그런 생각이 내 머리를 스쳐 지나갔다.

"은정아, 그래 네 말에 일리가 있어. 아빠가 전에도 말했잖아? 말씀으로 믿어야지 찬양 같은 흥분으로 예수님을 믿는 건 잘못됐다고 말이야. 아빠가 전도사님한테 단단히 얘기해둘게. 다음부터는 수련회를 그렇게 인도하지 말라고 말이야. 은정아, 하지만 한두 가지가 맘에 들지 않는다고 모든 것이 다 잘못되었다고 결론 내리면 안 돼. 세상은 그렇게 간단하고 단순하지 않아. 아인슈타인의 이론 중 한두 가지 문제가 있다고 그 사람의 모든 이론이 다 잘못되었다고 말할 수 없잖아. 그러니까 뭐든지 결론을 내리는 데에는 신중해야 해. 아빠 말 알겠니?"

"무슨 말인지 알아요. 아빠, 이렇게 이해해주세요. 기독교는 그냥 말이 안 돼요. 그냥 말이 안 된다고요. 그런 게 도대체 한두 가지가 아니에요. 9·11 때 그냥 그 건물에 있었다는 이유로, 그날 죽은 아무 죄 없는 수많은 사람들이 예수님을 안 믿었다는 이유로 다 지옥 가는 게 말이 된다고 보세요? 지옥에서 영원히 고통당하는 게 말이 된다고 보세요?"

처음으로 나를 똑바로 쳐다보며 은정이가 물었다.

"그건, 은정아. 우리가 어떻게 하나님을 알겠니? 우리가 이해할 수 있는 대상이 하나님이면 그분은 이미 하나님이 아니지. 인간의 머릿속에서 다 설명이 되면서 어떻게 신이라고 할 수 있겠니?"

"맞아요. 아빠 바로 그 점이에요."

나는 무슨 소리인지 처음에 몰랐다. 애가 나의 그 허접한 논증에 설득되었다는 것일까? 순간 내 맘에 희망이 비쳤다.

"하나님을 우리 인간은 결코 이해할 수 없다는 점. 이해가 되면 그 순간 하나님은 더 이상 하나님이 아니라는 점. 교회에서 얼마나 많이 들었는지 몰라요. 하지만, 아빠. 아니 다 떠나서 하나님은 왜 이해할 수도 없는 것들을 우리 인간보고 믿으라고 하는 거죠? 최소한 설명이 되고 말이 되어야 할 것 아니에요? 이해가 되면 이해된다고 하나님께 감사드린다고 하고 이해가 안 되면 하나님이니까 이해가 안 된다니, 아빠는 그게 이상하고 웃기다고 생각 안 드세요? 그런 식으로 말하면 도대체 이 세상에 믿지 못할 것이 뭐가 있어요? 아빠가 말씀을 강조하는 거 알아요. 그런데 어차피 하나님은 이해가 안 되는 존재인데 말씀을 보는 건 또 뭐죠? 말씀은 왜 봐야 해요? 그건 왜 읽어야 하죠? 그 말씀도 사람 따라 어차피 제각각 맘대로 해석하잖아요? 교회에서 하는 말을 조금만 곰곰이 생각하면 하나같이 다 말이 안 되는 거 같아요. 그걸 듣고 있으면서 무작정 고개를 끄덕이고 있는 게 그냥, 그냥…… 미칠 거 같아요. 미쳐버릴 것만 같아요. 그냥 다 말이 안 돼요. 나 이런 말 아빠, 엄마한테 하기 싫었어요. 조용히 대학 갈 때까지만이라도 참으려고 했어요. 그런데 못 하겠어요. 죄송해요. 얌전히 참고 있다가 대학 가서 집을 떠나면 아빠, 엄마 힘들 일 없었을 텐데. 정말 죄송해요……."

은정이가 흐느껴 울기 시작했다.

마음이 아팠다. 우리 딸이 얼마나 오랜 시간 고민하고 고통받았을까. 그러다 오죽했으면 지금 와서 저렇게 자신의 마음을 토하며 울까. 마음이 아팠다. 그러나 나는 은정이의 아버지지만 또 목사였다.

그렇다. 나는 목사이다. 그리고 사랑하는 가족을 위해 현실을 지켜야 하는 목사이다.

그때 갑자기 거실에 있는 텔레비전에서 어린 시절 은정이의 음성이 들려왔다. 내가 은정이와 얘기하는 사이 아내가 은정이 어린 시절 찍어놓았던 비디오를 튼 것이다. 우리 가족이 특히나 웃으면서 즐겁게 자주 봤던 장면, 은정이가 5살 때 가정 예배에서 기도하는 모습이었다.

"하나님, 우리 까족 지켜주셔서 감사합니다. 오늘도 밥 잘 먹게 하씨고……."

그렇게 이어지는 은정이의 기도 장면은 볼 때마다 눈물 날 정도로 그립고 아름다운 순간이다. 그러나 느닷없는 동영상의 재생에 은정이의 얼굴이 일그러졌다. 아무런 말은 하지 않고 있었지만 딸의 마음이 지금 어떠하리라는 것은 쉽게 짐작할 수 있었다.

"은정아, 넌 저렇게 예쁜 모습으로 기도하던 애였어. 그런데 이게 무슨 일이니. 저렇게 하나님께 순수하게 기도하던 내 딸이 이게 무슨 말이니……."

아내는 절규했다.

그런 엄마를 향해 은정이 고개를 들지도 않고 혼잣말처럼 중얼거렸다. 아마 그 말을 아내는 듣지 못했을 것이다.

"엄마, 난 저 때 다섯 살이에요. 겨우 다섯이었다고요. 다섯 살짜리가 뭘 알아요? 엄마는 내가 평생 다섯 살짜리 아이 머리로 살기를 원하세요?"

과거로 돌아갈 수 있다면 우리 가정이 가장 돌아가고 싶은, 그 아름다운 시절의 광경이 비디오에서 흘러나오고 있었다. 텔레비전 앞에 앉아 아내는 울고 있고 식탁에 앉은 나와 은정이는 더 이상 아무 말로 하지 않은 채 나는 창밖 허공을, 은정이는 바닥만을 주시하고 있었다. 몇 분이나 그랬을까, 그렇게 시간이 한참 흘렀다. 내 머릿속을 차지하고 있던 김신수 부모와 박주명의 얼굴은 어느새 사라지고 없었다. 내 머릿속은 정말로 백지장처럼 하얗게 변해버리고 말았다. 아무런 생각도 들지 않았다. 충격은 순간적으로 나의 모든 의식을 마비시키고 시간의 흐름 마저도 가늠하지 못하게 했다.

오후 1시 30분

갑자기 앞에서 부스럭거리는 소리에 잠시 어디론가 자리를 비웠던 의식이 다시 돌아왔다. 은정이가 식탁 의자를 밀어내며 일어나고 있었다. 점심 생각이 없다며 은정이는 2층 자기 방으로 올라갔다. 비디오를 끄고 아내는 마치 정신 나간 사람이 본능적으로 남은 행동을 하듯 기계적으로 점심을 차렸다. 단 둘이 앉은 나와 아내는 아무런 말없이 음식을 먹는 둥 마는 둥 점심을 때우고 있었다. 그러다가 마침내 아내가 먼저 입을 열었다.

"여보, 당신은 목사잖아요. 어떻게 좀 해봐요. 그리고, 그래요, 당신도 오래전에 은정이처럼 저런 몹쓸 생각을 한 적 있었잖아요."

아내가 내게 이런 식으로 말한 적은 한 번도 없었다. 내가 연애 시절 교회를 다니지 않을 때조차도 아내는 내게 그렇게 말하지 않았다. 당시 나의 이런저런 궤변에도 아내는 미소로 고개만 끄덕였다. 아내는 내게 이렇게만 말했다. 자신은 그냥 믿고 기다린다고, 하나님께서 더 크게 일하고 계시고 자신은 무엇보다 하나님은 당신이 택한 사람에 대해 모든 것이 합력하여 선을 이루시는 분임을 믿는다고. 그리고 자신의 눈에 내가 하나님이 택한 사람이 분명하다고도 했다. 나는 오래전 아내가 내게 그런 말을 할 때마다 이런 물음이 튀어나오려는 것을 애써 참아야만 했다.

"내가 택함을 받았다는 밑도 끝도 없는 그 믿음은 도대체 어디서 오는 거지?"

그러나 나는 그 말을 차마 입 밖에 낼 수 없었다. 무엇보다 나를 믿고 기다리는 여자의 마음을 아프게 할 수 없었다. 어차피 확률은 50대 50 아닌가? 그중 하나를 붙잡고 기다리는 마음을, 그것도 사랑해서 기다리는 그 마음을 어떻게 짓밟을 수 있겠는가? 그랬던 아내였다.

그러나 그 아내조차도 딸의 배교…… 그렇다, 아내의 눈에 딸의 모든 얘기는 배교 그 자체였다. 그것만은 견딜 수 없는 일이었다. 딸의 영혼이 달린 문제 앞에서 아내는 누군가에게 그 책임을 물어야만 했다. 그리고 그 대상은 목사인 남편이었다. 더 정확히 말하자면 남편의 과거, 신앙에 대한 회의에 빠졌었던 나의 과거였다. 비행기에서의 극적인 기적을 통해 하나님을 내 존재 전체로 믿게 된 나의 변화는 아내에게 기쁨 그 자체였다.

물론 나는 그 기적을 아내에게조차 얘기한 적 없었다. 아니, 아내뿐 아니라 그 누구에게도 털어놓을 수 없었다. 그 신비스런 기적을 누군가에게 얘기하는 순간 하나님과 나, 오로지 우리 둘만 알고 있는 아름다운 비밀이 깨질 것만 같은 두려움 때문이었다. 내가 입을 열어 그날의 그 신비스러웠던 비밀을 털어놓는 순간 그날의 체험은 내 속에서 마구마구 더럽혀질 것임을 나는 직감적으로 인지했기 때문이다. 또한 그 얘기를 들은 사람들 사이에서는 시시껄렁한 우스갯거리 중 하나가 될 것임을 알았기 때문이었다. 나는 그날의 기적을, 그날의 신비를 그렇게 세상에 넘치는 쓰레기들 중의 하나가 되도록 만들 수는 없었다. 다행히 아내는 내게 무슨 일이 생겼냐고 묻지 않았다. 내가 안정적인 직장을 접고 신학교를 가서 늦은 나이에 목사가 되겠다고 했을 때에도 아내는 꼬치꼬치 캐묻지 않았다. 나는 그런 아내의 심정을 이해할 수 있었다. 마침내 남편이라는 사람이 야기하는 끝없는 '불안감'에서 해방되었다는 기쁨이 더 컸기 때문이었을 것이다. 그런 아내에게 은정이의 선언은 차마 말로 꺼내지 못했던 오래전 과거의 악몽이 현실로, 그것도 가장 나쁜 형태의 현실로 나타난 것이었다.

나는 직감적으로 나의 가장 소중한 비밀을 털어놓아야 할 때가 왔음을 알았다. 어쩌면 하나님은 이 순간을 위해 그날의 비밀을 이토록 은밀하게 내 속에서 지켜오신 건지도 모른다. 나는 나를 변화시킨 그날 비행기에서의 기적을 은정이에게, 그리고 아내에게도 털어놓아야 함을 감지했다. 은정이는 기본적으로 나와 비슷한 두뇌 구조를 갖고 있다. 나를 바꾼 그날의 경험을 통해 지금 은정이가 겪고 있는 문제 또한 동일하게 바꿀 수 있을 것이다. 그래, 틀림없다.

나는 2층 자기 방에 있던 은정이를 불렀다. 그리고 비로소 실로 오랫동안 내가 간직하고 지켜온 나의 그 비밀을 세상에서 그무엇과도 바꿀 수 없는 나의 소중한 딸에게 털어놓기 시작했다. 미처 말을 시작하기도 전에 그때 그 순간이 떠올라서, 또 바로 이 순간 하나님께서 이루실 은정이를 향한 또 한 번의 기적에 대한 확신에 나도 모르게 벌컥 눈물이 쏟아질 것만 같았다.

"은정아, 너 아빠가 왜 목사가 되었는지 아니? 너는 그때 어려서 잘 모를 텐데 아빠가 전에는 회사 다녔었잖아, 기억나지?"

나는 떨리는 목소리를 가까스로 진정하며 입을 열었다. 괜히 말을 시작하기도 전에 눈물부터 흘리면서 분위기를 이상하게 만들고 싶지 않았다. 최대한 침착하고 냉정하게 은정이에게 말해야 한다. 은정이가 내가 회사 다니던 당시를 기억 못할 리가 없다. 아내와 아이들은 타주로 출장 가는 나를 따라 몇 번이나 동행하기도 했었다.

"은정아, 아빠가 그래도 회사에서 나름 인정받으며 잘 나가다가 갑자기 목사가 된 데는 하나님의 기적이 계셨단다."

나는 그날의 기적을 최대한 상세하게 설명했다. 과장하지도 않았지만 빼지도 않고 자세히 설명했다. 그리고 무엇보다 그 기적이 내 온몸을 감싸던 그 순간에 느낀 감정들을 자세히 말했다. 하나님이 얼마나 나를 사랑하시는지, 그 사랑을 표현하기

위해서 성경책에서 살아 나온 말씀으로 나를 어떻게 만드셨는
지에 대해…… 그러던 중 나도 결국 더 이상 참지 못하고 뜨거
운 눈물을 쏟고 말았다. 그날의 감동이 되살아나서였기도 했지
만 또한 그냥 내 앞에 앉아 묵묵히 나의 말을 듣고 있는 은정이
의 마음속에서도 지금 분명 요동치고 있을 하나님의 역사하심
때문에 견딜 수 없을 것 같았기 때문이었다. 내 얘기는 아내에
게도 엄청난 충격이었다. 아니, 아내는 충격을 넘어 감동을 받
은 모습이 역력했다. 아내도 눈물을 흘리고 있었다. 아내의 눈
물에 내 감정은 한참을 더 요동치며 고조되었다. 나는 내 곁에
앉은 아내의 손을 잡았다. 언제 나를 원망했었냐는 듯 아내는
내 어깨에 머리를 묻고 한참을 흐느꼈다. 나는 아내가 진정되기
를 기다렸다. 그리고 식탁 위의 티슈를 뽑아 아내에게 몇 장을
주고 나도 눈물을 닦았다. 그리고 은정이를 보았다. 아! 지금
이 순간 하나님께서 나의 고백을 통해 은정의 온몸을 휘감는 그
날의 기적을 동일하게 펼치시면 얼마나 좋을까!

그러나, 그러나…….

내 눈에 비친 은정이는 너무도 덤덤했다. 나는 눈을 몇 번이
나 깜박이며 다시 은정이를 보았다. 눈물까지는 몰라도 그래도,
그래도 은정이의 얼굴에 약간의 감동이라도 비치리라 확신했었
다. 아니, 나는 그날의 기적을 고백하는 순간 내내 하나님께 간

절히 기도했다. 은정이에게 그러한 기적이 역사하기를. 그러나 은정이의 얼굴은 너무도 무덤덤하기만 했다. 내 딸은 결코 감성이 무딘 아이가 아니다. 조금만 슬픈 영화를 보아도 눈물을 주르륵 흘리는 아이다. 그런데 어떻게 그런 은정이의 얼굴에서 아무런 감정을 찾을 수 없는 것일까? 어떻게 이런 하나님의 사랑에, 그것도 자기 아빠에게 쏟아부어진 하나님의 사랑에 이토록 무딘 반응을 보일 수 있단 말인가. 조금 전까지 내 마음속 전체를 가득 채우고 있던 감동의 회오리는 순식간에 차갑게 식었다. 나는 무슨 말이라도 해야 할 것 같았지만 아무런 말도 할 수 없었다. 그냥 은정이를 바라볼 뿐이었다. 그때 은정이가 말했다.

"그날 아빠가 그 비행기만 안 탔으면 난 지금 최소한 목사 딸은 아니었겠네요."

은정이의 입에서 나직이 흘러나온 그 한 문장은 날카로운 비수와 같이 내 가슴을 찔렀다. 정말 나는 무슨 말이라도 해야 했다. 바보같이 이렇게 입을 다물고 있어서는 안됐다. 하나님과 나만의 그 비밀이, 그 아름답고 황홀한 그 순간이 다른 사람도 아닌 내 딸에게 이런 식으로 받아 들여져서는 안 된다. 다른 건 몰라도 이것만은 용납할 수 없었다.

"은정아, 지금 그게 무슨 소리니? 목사 딸이 아니었겠다는 그 말이 도대체 무슨 소리니? 아니 너 어떻게 그런 생각을······."

은정이는 아무 말도 하지 않았다. 이 아이는 자기 부모의 가슴에 부러 대못을 박는 아이가 아니다. 조금 전의 그 말 역시 분명 자기도 모르게 입에서 튀어나온 것이다. 그렇기에 지금 은정이는 분명 조금 전 자신의 말을 후회하고 있을 것이다. 허나, 그렇기에 더더욱 내 딸의 진심이자 지금 내 딸이 바라보는 입장이 아니겠는가. 나는 잠깐의 침묵 후 다시 조용히 물었다.

"은정아, 넌 아빠가 목사라는 게 그렇게 싫으니? 말해봐, 아빠가 목사라는 게 그렇게까지 싫어?"

은정이는 눈을 내리깐 채 말했다.

"아빠가 목사라는 게 꼭 싫은 건 아니에요. 그건 어차피 아빠 인생이니까요. 내가 아빠 인생보고 이래라저래라 할 수는 없는 거잖아요?"

나는 '아빠 인생'이라는 말이 마음에 걸렸지만 그래도 한편으로 안도하며 다시 물었다.

"그럼 뭐가 문제인데? 아빠가 목사라는 게 싫은 것도 아니라면 아빠의 인생을 네가 인정한다면 아무 문제없는 것 아니니?"

나는 말을 하고 나서야 방금 내 발언이 얼마나 말도 안 되는 헛소리인지 깨달았다. 하지만 어떻게든 나는 은정이가 지금 일으키는 문제를 더 길게, 그리고 더 깊게 파고들고 싶지 않았다. 누구나 다 인생을 살면서 순간순간 회의와 의심, 갈등을 겪으면서 산다. 이 세상에 그렇지 않은 사람이 누가 있겠는가? 인생이란 원래 그런 것이다. 누구인지 정확히 기억나지는 않지만 어느 유명한 철학가는 여섯 살 때인가 자신의 자의식이 발동한 그 시점부터 인생의 허무를 느끼며 자살을 생각했다고 한다.

여섯 살짜리가 인생의 허무?

여섯 살짜리가 인생이 허무하다며 자살을 생각해?

하지만 흔히들 말하는 천재에게는 그런 생각이 가능한지도 모른다. 내가 만나는 기독교인의 경우 대부분 여섯 살은 고사하고 대학생이 되고도, 마흔이 넘어도, 심지어 인생의 황혼녘에 이르러서도 자신이 갖고 있는 종교에 대해 어떤 갈등이나 회의도 없이 맹신한다. 그런 사람들이 대부분이고 그게 딱 오늘날 우리 교회의 수준이다. 그런 면에서 나는 20대 시절 남들과 달리 조금은 힘든 시간을 보냈다. 장로의 직책을 가진 아버지로 인해 나의 회의와 갈등을 공개적으로 표출할 수 없었지만 말이다. 그런데 나의 딸 은정이는 20대도 아닌 10대 후반에 어쩌면 당시 나와는 차원이 다른 회의와 갈등에 빠져 있는지도 몰랐다. 내 딸이라서 좋게 말하자면 은정이는 그만큼 더 똑똑한 것이다. 그러나 똑똑함이 주는 이점도 있지만 똑똑함이 주는 위험도 있다. 똑똑한 만큼 다른 사람들은 묻지 않는 질문들을 던지기 시작하기에 인생은 더 고달파질 수 있다. 나는 그 점이 신경 쓰였다. 물론 나 역시 젊은 시절 그런 질문들을 던졌지만 내게는 하나님의 '특별한' 은혜가 있었다. 그 은혜로 인해 나는 지금 그분의 말씀을 전하는 목사라는 '특별한 존재'까지 되었다. 물론 나는 확신한다. 하나님께서 내게 주셨던 그 특별한 은혜를 내 딸에게도 동일하게, 아니 더 특별하게 허락하실 것을 말이다. 그렇지 않다면, 이 딸을 내 인생 속에 허락하셨을 리가 없지 않는가?

"은정아, 지금은 다 그래. 누구나 다 그런 생각을 하고 그런 고민을 해. 안 믿기겠지만 아빠도 아주 오래전 너처럼 그랬었어. 하지만 다 때가 있어. 아빠는 그냥 네가 너무 성급하게 결론을 내리지만 않았으면 좋겠다. 너무 성급하게 네가 지금 생각하는 것이 전부이다, 그게 옳다, 그렇게만 생각하지 말고 좀 더 시간을 가졌으면 좋겠어. 하나님께서 네게 어떻게 일하시는지 우리 한번 같이 지켜보자꾸나. 아빠와 엄마가 너를 위해 더 간절하게 기도할게. 아빠가 그동안 너한테 너무 소홀했던 거 같구나. 교회 일에 바빠서 정작 가장 소중한 내 딸 신앙 교육에 아빠가 너무 소홀했어. 아빠가 오늘 정말 단단히 반성한다. 하나님께 정말로 회개한다, 은정아."

은정이는 분명 뭔가 더 할 말이 남은 듯했다. 그러나 이 대화를 더 이어가봤자 그 결과는 마주보고 달리는 선로 아니면 갔던 자리로 다시 돌아오는 제자리걸음, 이 둘 중 하나일 수밖에 없다고 느꼈는지 은정이는 말없이 내 말에 고개만 끄덕이고는 자리에서 일어났다. 나는 아주 오래전 이런 식의 대화를 누군가와 할 때마다 느꼈던 감정, 아주 오랫동안 잊고 있었던 '좌절감'이 새삼 내 속에서 살아났다. 그리고 행여 그 좌절감이 지금 저 딸의 가슴속에 남아 있지 않기를 2층으로 올라가는 은정이의 뒷모습을 보면서 기도했다.

"여보, 우리 은정이한테 좀 더 신경 써야겠다."

나는 아내에게 지나가듯 말했다. 아내는 아무런 대꾸도 하지 않았다.

나는 순간 또 다시 박주명이 생각났다.

과연 박주명의 마음속에는 신앙에 대한 어떤 의심이나 고민이 있을까? 죽음을 앞에 둔 사람 귀에다 몇 시간 동안 주문을 외운 후 그 사람이 천국에 갔다고 유가족에게 말하는 박주명에게 도대체 신앙이란 어떤 것일까? 교회 내의 몇몇 사람들은 그런 박주명이야말로 목사가 되어 교회를 이끌어야 한다고 생각한다. 끔찍했다. 행여 내 딸 은정이가 박주명과 같은 사고를 가지고 교회를 다닌다고, 아니 평생을 그런 모습으로 신앙생활을 하리라 상상하자 소름이 끼쳤다. 은정이가 박주명과 같은 사람이 아닌 것이 얼마나 다행인가? 은정이의 고민의 끝은 분명 주님의 '은혜'가 분명하기에 나도 모르게 내가 박주명의 부모가 아니라 장은정의 부모라는 데에 감사함이 솟아났다.

"휴우~"

나도 모르게 터져 나오는 한숨에 아내는 참았던 눈물을 다시 흘리기 시작했다.

"여보, 우리 은정이 어떡해요, 우리 은정이 어떡하냐고요······."

나는 아무 말도 할 수 없었다.

오후 2시 30분

집을 나섰다. 오후에는 별 약속이 없다. 교회 사무실로 가 아무래도 기도하고 생각을 정리해야 할 듯싶었다. 나 역시 지난날에 그런 과정을 겪었기에 나는 그 누구보다 은정이를 이해했다. 아니 어쩌면 은정이는 과거의 나와는 다른 차원에 이미 도달해 있을 것 같다는 직감이 강렬하게 들었지만, 그래도 그 누구보다도 은정이를 이해하고 그 아이를 되돌이킬 수 있는 유일한 사람은 나라고 생각했다. 나는 20년 가까이 이 시카고 지역에서 신앙생활을 하면서 은정이처럼 신앙의 실체에 대해 진지하게 고민하는 사람을 본 적이 없다. 물론 아예 존재하지 않는다고는 단정 지을 수 없지만 그런 이와 실제로 만나본 적도, 대화를 나눈 적도 없다. 그렇기에 나는 나 외의 어떤 사람이 은정이에게 도움이 될지 확신할 수 없었다. 사무실로 들어가 이런저런 책들부터 좀 뒤져봐야겠다. 은정이에게는 분명 어떤 계기가 있을 것이다. 그리고 평소 책에 탐독하던 저 아이의 습관으로 보아 분명 어떤 책으로부터 자신의 사고에 대한 모티브를 얻었을 것이다. 그때였다. 나의 생각이 '책'이라는 단어에 미치자 순간 내 머리를 스치는 것이 있었다.

"뭐야, 결국 리처드 도킨스였던 거야?"

나도 모르게 중얼거렸다. 나는 '신이란 헛소리에 불과하다'는 주장을 펼치는 세계적인 생물학자이며 무신론자인 리처드 도킨스라는 이름을 수년 전에 들었다. 그리고 그가 끼친 엄청난 영향력에 대해서도 듣지 못한 바가 아니다. 그러나 그것은 최소한 한국 내에서와 미국의 주류 사회 내에서의 문제지 미국의 한인 교회와는 완전히 동떨어진 딴 세상 얘기일 뿐이었다. 여기는 그런 곳이다. 그래서 편한 면도 있지만 한편으로 답답하기도 이루 말할 데 없는 곳이기도 하다. 여기 사는 교인들의 관심은 교회, 비즈니스, 골프 그리고 한국 드라마, 이게 다이니까.

"리처드 도킨스 아세요?"

이 질문에 시카고에 사는 웬만한 교인들은 아마도 이렇게 대답할 것이다.

"그게 누군데? 이번에 우리 동네에 새로 세탁소 연 미국인이야?"

이 정도로 미국 주류 사회의 무신론 열풍은 한인 사회에 아무런 영향을 미치지 않았다. 무엇보다 영어가 힘든 1세들에게 영어 책은 말 그대로 그냥 하얀 종이 위의 글자일 뿐이었다. 그러나 영어에 익숙한, 아니 영어가 모국어라고 할 2세대들에게는 그렇지 않았다. 그들 중 조금이라도 세상을 좀 더 객관적으로 바라보고자 의식하는 이들에게는 미국 주류 사회를 휩쓰는 무신론과 관련한 수많은 책들을 쉽게 무시하지 못할 것이다. 그나마 내가 신앙과 관련된 소식들에 나름 민감한 목사이기에 최소한 리처드 도킨스라는 이름은 알고 있었다. 책이라면 손에서 떼지 않는 은정이가 리처드 도킨스라는 이름을 모를 리 없었다.

은정이가 분명히 그 사람의 책을 읽었으리라 충분히 짐작됐다.

답답했다. 말할 수 없이 답답했다.

신앙에 대한 근본적인 질문이라고는 일절 없는 한인 교회가 제공하는 편안함을 나름대로 누려왔던 나였다. 교인들만 상대한다면, 김신수 부모와 같은 사람들만 상대한다면 일 년 내내 굳이 성경 외에는 책 한 권 읽지 않아도 얼마든지 목사로서 내 위치를 유지할 자신이 있었다. 그랬던 내가 이제 와서 굳이 리처드 도킨스와 같은 무신론자의 책까지 읽어야 하나? 딸을 이해하기 위해서? 성경 읽을 시간도 모자란데?

물론 못 할 것도 없다. 그래, 못 할 것도 없다.

내 딸의 문제니까. 다른 사람이 아닌 내 딸의 영혼이 걸린 문제니까. 적을 알아야 제대로 방어도 할 수 있는 법이다. 하지만 그 사람의 책을 읽더라도 절대 돈 주고 사지는 않을 것이다. 아무튼 내가 아는 무신론자는 리처드 도킨스밖에 없으니 자연스럽게 내 머리에는 그 이름만 떠올랐다. 하지만 한편으로는 한국어보다 영어가 더 편한 딸에게 리처드 도킨스 이외에 내가 전혀 모르는 어떤 누군가가 저 아이의 멘토가 되었을지 알 수 없는 노릇이었다. 나 역시 비행기에서의 기적 이후 여러 명의 신앙적 멘토를 만나지 않았던가. 물론 책들과 그들의 설교 테이프를 통해서였지만. 어쨌든 그 멘토들 덕분에 나의 신앙이 다듬어지고 나의 신학이

구축되지 않았던가? 결국 다 같은 이치이다. 누군가를 만나는가에 따라 생각이 달라지고 그 생각은 인생의 방향을 결정한다.

교회에 도착하니 배영식 목사가 나를 기다리고 있었다. 김 목사와 함께 목양을 담당하면서 또 선교부를 동시에 책임지고 있는 목사이다.

"목사님, 이제 오시는군요. 목사님 기다리고 있었습니다."

배 목사는 좀 과장된 제스처로 나를 반겼다.

"배 목사님, 이 시간에 교회에 계시네. 웬일이세요? 오늘 오후에는 심방 스케줄 없어요?"

회의 시간에는 상황에 따라 부교역자에게 반말을 하지만 사적인 자리에서 나는 철저하게 모든 부교역자들에게 존댓말을 한다.

"네, 윌링 지역에 심방 있어서 곧 나가긴 나가야 합니다. 그런데 목사님께서 오후에 아무래도 교회에 들어오실 거 같아서 잠깐 뵙고 가려고 여태 기다리고 있었습니다."

무슨 중요한 할 말이 있는 거 같았다. "급한 일이면 핸드폰을 하지 그랬어요?"라고 말하며 나는 배 목사를 데리고 내 방으로 들어갔다. 커피를 앞에 놓고 배 목사와 마주하다보니 문득 조금 묘하다는 생각이 들었다. 지금 와서 생각하니 정말 오늘은 평소와는 유난히도 뭔가 다르다. 무엇보다 새벽의 정집사로부터 시작해 교역자 회의 시간에 있었던 박주명의 신학교 추천서 이야기, 그리고…… 무엇과도 비교할 수 없는 은정이의 폭탄선언까지. 지금까지 그냥 시간이 어떻게 갔는지 모르고 있었는데 이렇게 또 평소와 달리 배 목사와 둘이 커피 두 잔을 가운데 놓고 앉아 있다니. 혹시 배 목사가 상상도 못한 어떤 끔찍한 폭탄을 터뜨리려고 나를 기다린 것은 아닐까? 나는 슬그머니 배 목사를 바라보았다. 다행히 그의 얼굴이 결코 어떤 폭탄을 터뜨릴 사람의 기색은 보이지 않았다. 그냥 평소와 다름없는 평온한 얼굴이었다. 나는 마음이 놓였다. 배 목사야 원래 말이 좀 많은 사람이다. 그러고 보니 배 목사의 얼굴은 뭔가 내게 이런저런 얘기를 하려고 조바심이 난 평소 배 목사다운 얼굴, 그 이상도 이하도 아니었다.

다행이다. 오늘은 여기서라도 한숨 쉬고 넘어가자. 커피를 한 모금 마시고 배 목사가 입을 열었다. 그런데 아주 미세하게도 그 목소리 속에 평소와 다른 떨림이 묻어났다.

"목사님, 남가주에서 부교역자로 사역하는 제 신학교 동기가
있어요. 신학교 때부터 아주 학업도 뛰어났고 영어도 이민 1세
대답지 않게 아주 출중했지요. 아무튼 우리 동기들 모두가 다
인정하는 정말 탁월한 친구인데 몇 년 전 고든 콘웰에서 학위
마치고 남가주에 있는 '노래의 교회'에 갔어요."

'노래의 교회'라면 누구나 아는 유명한 교회이다. 남가주뿐
아니라 어쩌면 미국 전체 한인 교회 중 교인 숫자로 세 손가락
안에 드는 교회니까.

"그 친구는 거기 부임하자마자 실력을 인정받아서 담임 목사
님으로부터 특별한 총애를 받았어요. 그리고 교회 내의 굵직굵
직한 일들을 맡아서 아주 잘 처리했어요. 저랑은 몇 개월에 한
두 번은 꼬박꼬박 전화나 이메일을 주고받아서 제가 그 친구의
활약에 대해서는 잘 압니다. 아무튼 그 친구가 처음에는 그 교
회에서 아주 열심히 잘 사역했어요. 그래서 저는 당연히 그 친
구가 그 교회에서 그 뒤로도 계속 잘 지내고 있다고 생각했지
요. 그러다가 최근 얼마 동안 연락이 끊긴 상태였습니다. 보통

그 친구가 먼저 안부를 묻곤 했는데 소식이 없길래, 저는 그냥 '많이 바쁜가 보다' 그렇게만 생각했었지요. 저도 그 친구를 챙길 만큼 여유 있는 상황도 아니었고요. 그런데 갑자기 어제 그 친구로부터 청천벽력과 같은 메일이 온 겁니다."

'청천벽력? 이건 또 무슨 폭탄이야? 아니 노래의 교회에서 사역하는 친구니까 최소한 나와는, 우리 교회와는 관계없는 일이겠지.'

나는 애써 담담한 얼굴로 배 목사의 다음 말을 기다렸다.

"그 친구가 이미 한참 전에 노래의 교회를 사임했다는 겁니다. 그리고 곧 한국으로 다시 돌아간다고 하더라고요."

나도 모르게 헛웃음이 나오려는 것을 참아야만 했다.

"아이고, 배 목사님, 그게 뭐 그리 놀랄 소식인가요? 능력 있는 목사님들 한국 교회에서 초빙 많이 해갑니다. 요즘 들어 그런 경향이 부쩍 늘었잖아요? 배 목사님 친구가 능력 있다고 한국까지 소문이 났나 보네요. 우리 배 목사님도 언젠가 한국의 좋은 교회에서 담임 목사로 와 달라고 연락 올지 모릅니다. 허허."

'이 양반, 청천벽력이라는 소리가 결국 친구가 한국에 담임 목사로 가는 게 부럽다는 말이었군.'

나는 배 목사의 엉뚱함에 기가 찰 지경이었다. 이런 소리를 하려고 심방도 안 가고 교회에서 나를 기다리고 있었단 말인가.

"아니, 목사님, 그게 아니고요. 그 친구 얘기가 노래의 교회를 그만두었을 뿐 아니라 한 6개월 전에 아예 목사직 자체를 포기했다는 겁니다. 노회에 연락해서 안수를 취소해달라는 통고까지 했답니다. 자기는 더 이상 목사를 하지 않겠다고요. 그리고 제가 무엇보다 놀란 건⋯⋯."

배 목사는 어떻게 말을 해야 할지 잠시 고민하더니 다시 말을 이었다.

"저한테 자기는 더 이상 기독교 신앙을 가질 수 없다고 그러는 게 아닙니까?"

배 목사의 목소리가 가늘게 떨렸다. 이게 무슨 소리인가? 목사가, 아니 목사가 그런 소리를 했다고? 나는 갑자기 은정이의 얼굴이 떠올랐다.

"아빠, 난 더 이상 믿을 수가 없어요……."

"배 목사님, 그게 말이 되는 얘기에요? 뭔가 착오가 있겠지요. 소문이라는 게 한번 돌기 시작하면 황당한 이야기로 발전해서 퍼지기 마련입니다. 소문을 다 믿으면 안 돼요. 여기서 남가주가 무려 3000마일입니다. 킬로미터로 하면 거의 5000킬로에요. 서울에서 부산 가는 거리의 열배란 말입니다. 사람들의 말이 멀고 먼 3000마일을 건너 여기까지 오다 보면 목사가 스님으로 둔갑할 수도 있어요. 뭔가 착오가 있을 겝니다. 물론 교회를 그만둘 수도 있지요. 하지만 어떻게 목사가, 하나님의 소명을 받은 목사가 더 이상 신앙을 가질 수 없다는 그런 망발을 할 수 있단 말입니까? 내가 비록 배 목사님의 친구라는 그 목사님 얼굴도 이름도 모르지만 이건 아닙니다. 배 목사님도 정확하지 않은 말을 그렇게 함부로 하시면 안 됩니다. 저는 못 들은 것으로 하겠습니다. 설혹 주변 사람들에게도 그 목사님에 대한 그런 말 옮기지 마세요."

나는 필요 이상으로 배 목사를 몰아붙였다. 이게 말이 되는 소리인가? 목사? 목사가 무슨 은정이와 같은 혼란기를 겪는 청소년인가? 아무리 목사 되기가 설렁탕 가게 하나 여는 것보다 쉬운 세상이 되었다고 해도 목사는 목사이다. 그런데 이게 무슨 해괴망측한 소리인가? 여느 목사나 다 정도의 차이는 있겠지만 누구나 다 나름의 진지한 갈등과 고민의 과정을 거치면서 그 과정에서 하나님의 은혜를 체험한 사람들이다. 그리고 단순한 체험을 넘어 하나님의 거룩한 소명을 받아 자신의 인생 전체를 하나님께 드리기로 서원^{誓願}한 사람들이다. 그게 목사이다. 그런데 세상에 목사가 하나님을 믿을 수 없다고? 그게 도대체 말이나 되는 얘기인가? 갑자기 내 속에서 이유 없는 분노가 스멀스멀 끓어오르기 시작했다.

"그렇지만 목사님, 이게 소문이 아니라 제가 그 친구 목사로부터 직접 받은 메일 내용이라서요……."

마치 자기가 죄를 지은 양 기어 들어가는 목소리로 말하는 배 목사를 보며 나는 잘라 말했다.

"무슨 내용인지 알고 싶지 않습니다. 그 메일은 그분이 배 목사님께 보낸 개인적인 내용 아닙니까? 나 같은 제삼자가 배 목사님 친구 목사의 신앙 상태에 대해서 알아야 할 특별한 이유라도 있습니까? 배 목사님, 정말로 그 친구를 위해서 금식하며 기도라도 하셔야겠습니다."

나는 차갑게 말하며 아예 자리에서 일어나려고 했다. 그런 나를 보며 어정쩡하게 자리에서 몸을 일으킨 배 목사가 쭈뼛거리며 말했다.

"예, 목사님, 마땅히 그래야 한다고 생각합니다만…… 사실 친구의 충격적인 소식을 전해 들으면서 제가 목사님께 몇 가지 질문 드리고 싶은 것이 있어서 그렇습니다. 저도 앞으로 목사로 평생을 살아가야 하는 사람인데 이 친구와 같은 상황을 만나지 말라는 법도 없고, 그럴 땐 도대체 어떻게 해야 할 지 목사님 조언을 듣고 싶어서 말입니다. 다른 사람의 일을 잡담거리로 옮기려고 하는 게 절대 아닙니다. 이 친구의 문제이기도 하지만 언젠가는 저의 문제가 될 수도 있다는 생각에……."

순간 나는 '이 친구가 미쳤나?' 하는 생각이 들었다.

'아니, 자기도 언젠가 하나님을 안 믿을 수 있다는 소리야?'

더듬거리며 털어놓는 배 목사의 말에 나는 어쩔 수 없이 다시 자리에 앉았다. 그럴 수밖에 없었다. 지금의 상황을 간단히 정의하면 부교역자가 담임 목사에게 목회 또는 신앙 상담을 해온 것이다. 나는 마땅히 거기에 응할 의무가 있다. 그것 또한 내 사역의 일부이다.

"알겠습니다. 배 목사님. 도대체 무슨 일이 있던 겁니까? 도대체 그 메일 내용이 뭐길래 그런 말도 안 되는 일이 배 목사님에게도 생길 수 있다고 말하는 겁니까? 아니 그 한국에 돌아간 친구의 일이 배 목사님께 왜 그토록 중요한 거죠?"

남들이 우리 두 사람의 모습을 보면 마치 배 목사가 엄청나게 큰 잘못을 저질러 내게 단단히 꾸중을 듣고 있다고 여길지도 몰랐다. 그만큼 나는 필요 이상 흥분해 있었고 배 목사는 필요 이상 주눅 들어 있었다. 한동안 머뭇거리던 배 목사가 마침내 천천히 말을 시작했다.

"목사님도 잘 아시다시피 노래의 교회 박 건축 목사님하면 찬양 사역으로 엄청나게 유명하시지 않습니까? 제 친구가 막 그 교회 주일학교 담당 교역자로 부임했을 때 박 목사님의 찬양으로 정말 말도 못하게 많은 은혜를 받았던 모양입니다. 그 당시 입만 열면 박 목사님의 찬양이 얼마나 기름 부음을 받았는지, 그리고 그 찬양으로 인해 교회가 어떻게 부흥하고 사람들의 영혼이 얼마나 놀랍게 치유되는지, 입에 침이 마르도록 칭찬했으니까요. 그리고 무엇보다 자기 자신의 영혼이 박 목사님의 찬양으로 얼마나 풍요롭게 변했는지도요. 한번은 저한테 이렇게까지 말하더군요.

'배 목사, 내가 목사인데도 불구하고 아직까지 찬양의 놀라운 힘을 전혀 몰랐었나 봐. 이제야 찬양에 눈을 뜨는 느낌이야. 목사인 내가 이 정도라니, 하나님과 성도들에게 너무 부끄러운 일이지.'

그런데 목사님, 그 친구가 조금씩 교회 내에서 인정받으면서 주일학교 외에 이런저런 다른 일들을 맡기 시작했답니다. 그 중의 하나가 박 건축 목사님의 책을 대신 쓰는 일이었다고 합니다. 목사님도 아시겠지만 박 목사님의 책들이 시중에 꽤 나와 있습니다. 그리 많이 팔리지는 않지만 그래도 발간 종수는 꽤 됩니다. 매년 꾸준하게 설교집이니 책들을 내시거든요. 저는 당연히 박 목사님이 다 쓰시는 줄 알았어요. 그분 설교집 볼 때마다 참 대단히 성실하신 분이구나 하고 감탄하곤 했거든요. 그런데 그 책들 중 한 권을 이 친구가 다 쓴 겁니다. 설교집이 아니고 무슨 '미래 목회 전략'과 관련한 무슨 책이었다고 하는데, 하물며 그 책의 머리말까지도 그 친구가 다 썼다고 합니다."

여기서 배 목사는 잠시 말을 끊었다. 그리고 입술을 악물며 감정을 추슬렀다. 갑자기 자신의 가슴 깊숙한 곳에서부터 뭔가 뜨거운 것이 올라오는 것을 참는 기색이 역력했다. 한 번 크게 심호흡을 한 후 배 목사는 말을 이었다.

"그 일이 있고 나서 이 친구가 고민을 많이 한 모양입니다. 그런데 목사님, 이건 도둑질 아닙니까? 남이 다 쓴 글을 자기 이름으로 책 내는 거, 도둑질 아닙니까?"

나는 아무 대답도 하지 않았다. 나도 자세히는 모르지만 사실 목사들이 남이 쓴 글을 자기 이름으로 책 내는 것은 비단 어제 오늘의 일이 아니다. 뭐, 목사들만 그렇겠는가? 대학에서조차 교수라는 작자들이 대학원생들이 쓴 글을 모아 자기 이름으로 논문을 낸다는 얘기를 심심찮게 들을 수 있지 않은가? 나는 목사들은 교수보다 더하면 더했지 결코 덜하지 않으리라 생각했다. 나같이 책은커녕 무슨 잡지에 에세이 한 편 실어본 적이 없는 무명 목사에게는 정말 딴 세상의 얘기이다. 하지만 자기 이름으로 내는 책의 머리말까지 다른 사람이 쓰게 하다니. 그건 너무 심하다는 생각이 들었다. 나는 배 목사의 질문에 대답하는 대신 앞에 놓인 커피 잔을 들었다. 배 목사는 잠시 혼자 감정을 추스르고는 말을 이었다.

"그런데 목사님, 최근에 또 무슨 일이 있었는가 하면은요. 한 유명 기독교 월간지에 박 건축 목사님 특집 기고문이 있었다고 합니다. 일고여덟 꼭지나 되는 꽤 비중 있는 기고문이었다고 해요. 그런데 그 글들도 여러 부목사들이 다 나눠서 썼다는 겁니다. 제 친구도 당연히 그 중 한 명이었고요. 그런데 그 잡지가 나온 그 주일에 박 목사님이 그 잡지를 들고 주일 예배에서 광고를 하더랍니다. 내가 이 잡지에 특집 기사 기고문 쓰는데 얼마나 진액을 쏟고 애를 썼는지 성도 여러분이 조금이라도 아신다면 아마도 당장 이 잡지를 사서 내가 쓴 부분을 정독해서 읽을 거라고 말입니다. 그렇게 말하면서 광고를 하더랍니다. 이 친구가 그 모습을 보고 말도 못할 충격을 받았답니다. 그게 결정타였던 모양입니다.

사실 그 일이 있기 일 년쯤 전에 이 친구한테서 전화가 왔는데 저한테 농담 비슷하게 이런 말을 한 적이 있었어요. 혹시 '영적 유턴'이라는 말 들어본 적 있냐고 저한테 묻는 겁니다. 제가 처음 듣는다고 했더니, 그 친구가 설명하길 자기네 교회에 빨리 도착하려면 도로 중간에서 불법 유턴을 해야 된다는 겁니다. 그 불법 유턴 지점을 놓치면 몇 분을 더 가야 유턴 표시가 있는 길이 나온다는 거죠. 그러니까 제대로 정해진 곳에서 유턴하려면 교회를 지나 몇 분 더 운전해야 되는 겁니다. 그런데 박 목사님이 어느 날 설교에서 그랬답니다. 예배에 늦지 않으려고 하는 불법 유턴은 더 이상 불법이 아닌 하나님이 허락하는 거룩한 '영적 유턴'이라고요. 노래의 교회에는 이런 식으로 통용되는 이상한 단어들이 많다고 합니다. 이 말 저 말에 다 '영적'을 붙여서 많이 쓴다는 겁니다. 영적 멀미, 영적 설사, 영적 변비, 영적 콧물 등등 별의별 말이 다 있다고 말입니다. 아무튼 그 친구가 '영적 유턴' 얘기를 할 때만 해도 우리 둘 다 그냥 웃고 말았는데, 이미 그때부터 이 친구 마음속에는 갈등이 있었던 거 같습니다. 지금 생각하니까 말입니다.

　목사님, 사실 이 친구 말로는 자신이 노래의 교회에서 사역하는 내내 몇 가지 누적된 충격이 있었다고 합니다. 의식적으로 보지 않고 그냥 자기가 맡은 일에만 충실하려고 무진 애를 썼지만 도저히 안 되더라고 말입니다. 그중 첫째는 수시로 사적인 자리에서든 공적인 자리에서든 거짓말을 태연히 늘어놓으면서 아무런 양심의 가책을 느끼지 못하는 박 목사님의 모습이고요. 두 번째는, 물론 본인도 결국 그런 인물 중 하나였지만, 그 거짓 말에 적극적이든 소극적이든 동참하면서도 박 목사님을 여전히 존경하고 비호하는 동료 교역자들이었다고 합니다. 그리고 세 번째가 그 친구에게 가장 큰 문제였던 거 같은데, 다름 아닌 그런 거짓말하는 사람으로부터 하나님의 은혜를 받는 성도들이었다는 것입니다. 물론 세 번째 문제 또한 본인도 해당되었지요. 이 친구가 오랫동안 이런 문제로 고민을 했답니다. 그리고 그 고민은 결국 하나님의 존재에까지 이르게 된 거 같아요. 거짓을 통해서도 얼마든지 전해지는 하나님의 은혜? 거짓된 자를 여전히 그 자리에 두고 자신의 교회를 이끌어 가시는 하나님? 이런 숱한 문제들에 대해 고민한 끝에 결국 이 친구는 몇 주 전 교회에 사표를 냈답니다. 그리고 더 이상 자신은 기독교를 믿을 수 없다고 결론을 내렸다고 합니다. 그리고 그 결과가 무엇이었는지 아시겠습니까, 목사님?"

나는 대답할 수 없었다. 아니, 아무 말도 할 수 없었다. 마음속에 도저히 말로 표현할 수 없는 복잡하고 착잡한 감정들이 잠깐

목을 적시는 커피로는 감당할 수 없을 정도로 소용돌이 쳤다.

"사모한테, 그러니까 자기 부인한테 이혼 당했습니다. 이 친구가 자기의 솔직한 심정을 사모에게 얘기하자 사모의 말이 자신은 하나님을 부정하고, 주의 종을 부정하는 사람과는 결코 함께 살 수 없다고, 그런 사람 밑에서 내 자식들이 악영향을 받도록 놔둘 수 없다면서 이혼을 요구했답니다. 물론 이혼 소송까지 갈 수 있었지만 그냥 사모가 원하는 대로 도장 찍어주고 아이들 양육권도 다 넘겼다고 합니다. 이혼 서류가 마무리된 게 지난주라고 하네요. 이 친구는 이제 미국 생활 접고 다음 주에 한국에 들어간답니다. 한국에 가서 뭘 하고 살지는 모르는데 그냥 슈퍼마켓에서 배달을 하든, 중국집에서 그릇을 씻든 자기는 새롭게 살아보겠다고 하는 겁니다……."

갑자기 배 목사가 울음을 터뜨렸다.

"목사님, 그 친구가 신학교 때부터 신앙적으로 얼마나 영민하고 뜨거웠는지 모르실 겁니다. 정말로 우리 클래스에서 탑이었습니다. 최고였습니다. 학업만 그런 게 아니라 인격에서도 영성에서도 동기지만 정말 제가 닮고 싶은 표본과 같은 친구였습니다. 그런데, 어떻게 그런 목사가 하나님이 주신 소명을 집어치우고 중국집에서 그릇을 닦겠다고 합니까? 또 미국에 두고 갈 아이들은 얼마나 보고 싶겠습니까? 목사님, 왜 하나님은 이런 일을 허락하시는 걸까요? 왜, 왜……? 어떻게 이런 일이 일어날 수 있습니까? 어떻게, 어떻게 이런 일이 가능합니까?"

보이지 않는 하나님.

그래서 우리는 도통 그 뜻을 알래야 알 수 없는 하나님. 사람마다 귀에 걸면 귀걸이, 코에 걸면 코걸이가 되는 하나님의 뜻. 말씀 속에 길이 있고 말씀을 통해 우리의 삶을 인도한다는 답안 같지 않은 답안에 매달려 매일 아침 하루도 빠지지 않고 큐티^{QT,} Quiet Time를 하지만 사실상의 내 하루는 그분의 인도와는 아무런 상관없이 온통 뒤엉켜만 있는 부정할 수 없는 현실. 내가 원하는 대로 일이 풀리면 하나님의 은혜이지만 내 뜻과 달리 세상이 흘러가면 하나님의 숨겨진 뜻이 있기에 그렇다고 말하는 우리. 아니, 그렇게 밖에 말할 수 없는 우리.

비참하고 나약한 인간.

나는 눈물을 흘리는 배 목사를 향해 손을 뻗어 그의 손을 잡았다. 배 목사는 내 손에 얼굴을 묻었다. 내 손 위로 흐르는 그의 뜨거운 눈물이 느껴졌다.

"그래서 배 목사님, 그 친구 목사님께 답장을 썼습니까?"

앞에 놓인 티슈를 꺼내 눈물을 훔치며 배 목사가 말했다.

"썼습니다. 울면서 썼습니다. 기도하면서 썼습니다. 제 평생
에 그렇게 간절하게 뭔가를 쓴 적이 없었습니다. 제발 한 번만
더 생각하라고. 네가 노래의 교회를 떠나는 건 반대하지는 않는
다, 하지만 목사 그만두는 것과 이혼만은 다시 생각해라. 사모
가 너를 사랑하지 않아서가 아니니 제발 하나님께 다시 돌아와
라, 그러면 다시 사모와 합칠 수 있다. 가족을 그런 식으로 찢어
서는 안 된다. 그리고 분명히 하나님께서 더 좋은 사역지로 인
도하실 것이다. 사람을 보지 말고 우리 신실하신 하나님을 보면
서 사역하자, 우리가 사람에게 실망할 때마다 흔들려서야 어떻
게 주의 종이라고 할 수 있겠냐, 우리 다시 한 번 하나님 앞에
우리 삶을 바칠 때의 그 초심으로 돌아가자. 제발 다시 하나님
께 돌아와라…… 그렇게 호소하고 또 호소했습니다."

"그랬더니요?"

"하나님의 뜻은 너무 깊고 신비로워서 자기 같은 평범한 사
람은 도통 알래야 알 수가 없답니다. 그래서 이제 그 신비하고

깊은 뜻 연구하는 거 그만두고 말이 되고 상식이 통하는 세상에서 살겠답니다. 아주 짧고 단호하게 답을 보냈더군요. 정말로 짧은 답이었습니다. 그게 마지막이었습니다. 이제 제가 할 일은 그 친구를 위해 기도하는 일뿐입니다."

배 목사는 다시 눈물을 흘리기 시작했다. 나는 그가 울고 싶은 만큼 울도록 가만두었다. 얼마 뒤 다소나마 진정된 후 배 목사가 말했다.

"목사님, 제 친구의 결정에 대해 어떻게 생각하십니까? 그리고, 그리고 결코 그런 일이 제게는 생기지 않겠지만 만약 그런 일이 내게도 생긴다면 저는, 저는 어떻게 해야 합니까?"

'정말로, 정말로 힘든 하루다. 정말 힘들다……'

나는 나지막이 한숨을 쉬었다. 어쩌면 배 목사에게는 내 한숨이 심오하게 보였을지 모른다. 그러나 이제 고작해야 오후 3시밖에 되지 않은 오늘 하루가 내게 너무나 벅차서 나온 한숨이었다.

"배 목사님이 만약 그 친구 목사님의 상황이었더라면 어떻게 하셨겠습니까?"

나는 일단 공을 되돌렸다.
잠깐 생각하던 배 목사가 조심스럽게 말했다.

"저는 교회에서 담임 목사님을 존경하지 못한다면 그 교회에서 계속 사역할 수는 없을 거 같습니다. 게다가 존경은 말할 것도 없고 그 박 건축 목사님처럼 거짓말을 하는 사람 밑에서는 잠시도 견딜 수 있을 거 같지 않습니다. 제 친구와 저는 그 점에서만큼은 일치합니다. 그래서 이 친구가 이해되고 이 친구를 생각하면 마음이 아픕니다. 하지만 아무리 그렇다고 해도 우리가, 우리 목사가 어떻게 사람을 보면서, 순전히 몇 명의 거짓된 사람 때문에 하나님을 부정할 수 있겠습니까? 우리 주변에 하나님이 살아계심을 알게 하는 사람들도 얼마나 많이 있습니까? 어떤 경우에서든지 간에 우리가 사람을 보면서 하나님을 믿는 건 아니지 않습니까? 오로지 하나님만을 봐야하지 않습니까? 저는 그런 점에서 어떤 상황에 닥치더라도 제 친구와 같은 결론에는 결코 이르지 않을 것입니다. 그 일련의 시련 속에서 하나님의 뜻을 찾을 것입니다. 무엇보다 하나님께서 아무런 이유 없이 그런 시련을 주실 리 없으니까요. 그리고 무엇보다…… 저는 그냥 제 안에서 도저히 하나님을 부정할 수 없습니다. 말로 설명할 수는 없지만 제 평생을 인도하셨고 또 지금도 저를 붙잡고 있는 그 하나님을 도저히 부정할 수 없으니까요. 하나님께서 평생을 통해 제게 부으신 그 은혜를 어떻게 부정합니까?"

어떻게 보면 감동스런 배 목사의 신앙 고백을 들으면서도 내 마음 한편에는 다음과 같은 음성이 솟아올랐다.

'배 목사, 우리 눈에 보이는 사람들을 다 내팽개치고 보이지 않는 하나님을 보라는 것이 말이 되나? 보이는 세상에 눈을 감고 보이지 않는 다른 세상을 보라는 것이 말이 되나? 그렇다면 하나님은 애초에 이 '보이는 세상'을 왜 만드셨나? 자신을 두들겨 패는 아비의 폭력 밑에서 그 '보이는 폭력' 뒤에 숨겨진 '보이지 않는 아비의 사랑'을 보라고 두들겨 맞고 있는 아이에게 당신은 말할 수 있겠는가? 폭력 뒤에 숨겨진 아버지의 그 깊고 깊은 사랑을 보라고 당신은 말할 수 있겠는가?'

그러나 나는 이런 말을 할 수 없었다. 왜냐하면 나는 목사이다. 그냥 목사가 아닌 한 교회를 책임지는 담임 목사이다. 그러나, 그러나…… 내가 목사가 되기 전, 이런 보이지 않는 하나님,

들리지 않는 하나님을 철저하게 자신의 이익을 위해, 자신의 욕망을 위해 악용하는 종교 지도자들을 얼마나 경멸했던가? 그런데 지금은 어쩌면 나 자신도 그런 사람들 중 하나가 되지 않았나? 비록 박 건축 목사만큼 노골적으로 하나님의 침묵을 악용하지는 않지만 나 역시 지금 이곳에서 이 교회의 수준에 맞게 철저히 그 하나님의 침묵을 이용하며 사는 종교 장사꾼은 아닐까? 나는 다르다고 자신할 수 있을까?

"배 목사님은 이미 답을 알고 계시네요. 나한테 물을 필요가 없습니다. 우리가 목사라면, 우리가 은혜를 아는 자들이라면 누구나 다 아는 답입니다. 그 친구 분도 저는 완전히 하나님을 떠났다고 생각하지 않아요. 이 모든 것이 과정입니다. 언젠가 더 단단해지고 더 견고해져서 그 친구 목사님은 배 목사님 앞에 다시 나타나실 것입니다. 하나님께서 한번 정하신 당신의 종을 그렇게 내버려두지 않습니다. 반드시 다시 일으키실 것입니다. 저도 그분을 위해 기도하겠습니다. 제가 할 수 있는 것은 그것밖에 없으니까요. 그런데 배 목사님. 혹시 나도 배 목사님한테 남가주의 그 박 목사님처럼 그런 고민을 하게 하는 사람은 아닌지 갑자기 두려워지네요."

"아이고, 목사님, 무슨 농담도 그렇게. 전혀 아닙니다. 전혀 아닙니다. 저희 부교역자들 모두 목사님 얼마나 존경하는데요."

　배 목사의 과장된 액션을 손으로 말리며 나는 자리에서 일어
났다.

오후 4시 45분

힘든 하루다. 힘들다. 정말 힘든 하루다.

배 목사가 사무실을 나가고 잠시 그 자리에 그대로 앉아 있었
다. 그러나 곧 답답함을 이기지 못해 결국 나도 사무실을 나왔
다. 배 목사와 나눈 방금 전의 대화가 실로 많은 부분에서 나의
내면을 흔들어놓았다. 그 사실을 부정할 수 없다. 그러나 나는
최소한 한 가지만은 확신할 수 있었다.

박 건축 목사. 한인 교계 내에서 그 이름을 모르는 사람이 없
다. 그가 짧은 시간 안에 남가주에서 이뤄낸 부흥은 목사들에게

부러움의 대상이었다. 그리고 그는 스타였다. 나도 언젠가 기회가 되면 박 목사를 한번 만나고 싶다고 은근히 바라지 않았던가? 그런 그가 남이 쓴 책을 자신이 썼다고 온 교인들 앞에서 거짓말을 하는 사람이었을 줄이야. 하지만 내가 직접 만난 적도 없고 확인하지도 않은 사실을 가지고 그 사람에 대해서 이러쿵 저러쿵 논하고 싶지는 않다. 하지만 한 가지는 확실하다. 박 건축 목사가 정말로 그런 사람이라면 그는 사람을 모으는 재주는 있을지 몰라도 하나님의 사랑을 모르는 사람이다. 그리고 교회를 떠났다는, 기독교를 떠났다는 그 영민하다는 배 목사의 친구도 박 목사보다 정직한 사람일지는 몰라도 하나님의 사랑이 무엇인지 모르는 사람이다. 배 목사의 친구도, 박 목사도 그 점에서 만은 동일하다. 하나님을 모르는 사람이라는 점에서는 두 사람 모두 똑같다. 그렇다. 사람을 보지 말고 하나님을 보라는 말이 말장난으로 들릴지 몰라도 사실 가장 정확한 답이기도 하다. 하나님을 보지 못했다는 건 그분의 사랑을 체험하지 못했다는 말이니까. 살아 있는 하나님의 말씀이 나를 감싸던 그 하나님의 뜨거운 사랑을 전혀 느껴본 적이 없다는 말이니까. 결국 그들은 하나님을 보지 못한 것이다. 그렇기에 자신의 욕망밖에 모르거나 아니면 사람을 보고 하나님을 단정하는 짓이다.

그러나 나는 하나님의 사랑을 안다. 나는 그분의 사랑을 분명히 알고 내 온몸으로 분명히 체험했다. 나는 그날 살아 계신 하나님의 음성을 들었다. 나는 그들과 다르다.

차를 타고 오랜만에 시카고의 가을 풍경을 느끼기로 마음먹었다. 저녁 심방까지는 아직 약 한 시간의 시간 여유가 있었다.

박 건축 목사는 여러 가지 면에서 내게 오늘날 목사로서 산다는 것이 무엇인지를 새삼 상념에 잠기게 했다. 그리고 무엇보다 내 속에 큰 교회를 운영하는 소위 말하는 '큰 목사'에 대한 갈망과 동경이 얼마나 컸는지를 다시금 똑똑히 바라보게 했다. 그리고 '큰 교회'라는 단어가 주는 달콤한 유혹은 그 뒤에 숨은, 차마 형용하기 힘든 더러움과 악취마저도 얼마든지 하나님의 축복으로 위장하며 스스로를 속이는 힘을 가지고 있다는 사실도 깨달았다. 그리고 박 목사를 통해 내가 깨닫게 된 가장 비참한 현실은 …… 나의 정체였다.

'지금 이 순간에도 여전히 더 큰 교회, 더 유명한 교회, 더 영향력 있는 교회를 꿈꾸고 있다. 나도 박 목사처럼 유명한 목사가 되고 싶다. 장세기라는 이름을 들으면 누구나 다 아는 그런 목사가 되고 싶다.'

나도 모르게 다시 한숨이 나왔다. 운전대를 잡은 나의 손에도 차가운 땀이 배는 듯 했다. 시카고 지역에 산재한 100여 곳의 한국 식당 중에서 성공하는 식당은 고작해야 한두 군데에 불과하다고 한다. 그만큼 자영업의 세계는 힘들고 경쟁력이 치열하다. 말 그대로 물고 뜯고, 죽거나 죽여야 하는 무서운 세상이다. 그럼에도 불구하고 새롭게 한인 식당을 차리는 사람은 끊이지 않는다. 왜 그럴까? 답은 간단하다.

'나는 달라. 너는 실패했지만 내가 하면 성공할 수 있어. 나는 다르니까.'

이런 말도 안 되는 확신 때문이다. 이 자리에서 가게를 했던 전 주인은 망했지만 나는 안 그래, 라는 생각은 마치 다른 사람들은 다 죽어도 나는 안 죽는다와 같은 말도 안 되는 인간의 자기 확신성과 맥을 같이 한다.

박 건축 목사가 과연 처음부터 그런 사람이었을까? 애초부터 그가 남이 쓴 글에 자기 이름을 내고 발표하는 그런 사람이었을까? 아니었을 것이다. 그렇다면 무엇이 그를 그렇게 만들었을까? 그렇다. 성공이다. 그렇다면 나는 성공을 두려워하고 멀리해야 하지 않을까? 그러나 내 속의 진심은 무엇인가?

'나도 성공하고 싶다. 나도 큰 교회를 하고 싶다. 나도 유명해지고 싶다.'

나는 이런 욕망을 앞으로도 계속 품어도 된다. 왜?

'나는 박 건축이 아니니까. 나는 다르니까. 나는 성공해도 깨끗할 자신이 있으니까.'

운전대를 잡고 시카고 외곽을 달리는 내 안에서 끝없는 싸움이 벌어지고 있었다. 시카고의 찬란한 가을 풍경을 즐기기 위해 차를 몰기 시작했는데 내 눈에는 어떤 경관도 들어오지 않았다.
무엇이 바른 길인지를 분명히 깨우치는 음성과 그 음성을 부정하고 타협하고 욕망케 하는 두 음성 사이에서 나는 미칠 듯이 갈등했다. 사실 나의 새벽 예배 설교만 보자면 나는 이미 오래 전에 욕망과 손을 잡은 사람이다. 새벽 예배에 한 명이라도 더 많은 사람이 오게 하기 위해 발버둥치는 그런 목사일 뿐이다. 이런 내가 박 건축 목사를 향해 무슨 말을 할 수 있으랴. 배 목사도 비록 입으로는 나를 존경한다고 말했지만 내가 어떤 목사인지 너무나 잘 알고 있을 것이다. 비단 배 목사뿐이겠는가? 다른 부교역자들도 다 그럴 것이다. 모두가 다 나의 정체를, 나의 수준을 알고 있으리라.

'그럼 김신수의 부모는? 그 사람들은?'

엑셀을 밟는 발에 나도 모르게 힘이 들어갔다.

목사가 되기 전 신학을 공부할 때도 또 목사가 되어서도 나는 내가 평생 동안 보아온 그저 그런 세속적인 목사들과는 다른 목사가 되겠다고 수도 없이 다짐하곤 했었다. 목사 안수를 받은 직후 나는 한국 행 비행기에서 사소하지만 우리 목사들의 수준을 보여주는 한 가지 에피소드를 접했다. 비행기 내 뒷자리에는 한국인 두 명이 앉아 있었다. 비행기가 이륙하기 전 두 사람의 대화를 듣고 나는 그 두 사람 중 한 명이 목사임을 알 수 있었다.

"장로님, 이번 비행은 절대 안전합니다. 절대 비행기가 추락할 일은 없습니다. 왜 그런지 아십니까? 제가 타고 있으니까요. 하나님께서 저를 통해 하실 일들이 아직도 엄청나게 많이 남아 있거든요. 아직 하나님이 제게 맡긴 일들을 다 못 끝냈습니다. 그러니 이 비행기가 추락할 수 있겠습니까? 장로님을 비롯해 이 비행기에 탄 사람들은 오늘 저 때문에 안전하게 가시는 겁니다. 허허허."

그 말에 곁에 앉은 장로라는 사람이 동의를 표하며 같이 껄껄 걸 웃었다. 비행기가 이륙하고 한두 시간쯤 지났을까, 지독한 돌풍을 만났다. 식사 서비스를 하던 승무원들도 모든 서비스를 중단한 후 승무원 자리에 앉아 안전벨트를 매고 기장의 다음 지시를 기다리는 상황이 되었다. 비행기는 허공에서 미친 듯이 흔들렸다.

나는 이전 직장에서 워낙 출장을 많이 다녔었다. 비행기가 돌풍을 만나 흔들리는 것은 어쩌면 당연한 일이었다. 내가 만난 수많은 비행 돌풍들 중에서도 손에 꼽을 수 있는 두 번의 돌풍이 있었다. 그 중 하나는 브라질 상파울로로 가는 비행에서 만난 실로 엄청난 돌풍이었다. 그 돌풍은 그 큰 보잉 항공기를 마치 애들 손에 들린 장난감 비행기처럼 마구 흔들어 댈 정도로 위력적이었다. 자연의 힘 앞에서 인간의 기술이 얼마나 어처구니없을 정도로 무력한지 절감했다. 그날 내가 느낀 공포감이란 말로 할 수 없을 정도였다. 나중에야 알았다. 브라질 행 비행기는 항상 적도를 지나는데 그 지점이 북반구의 북동 무역풍과 남반구의 남동 무역풍이 수렴되어 기상 악화를 일으키곤 하는 이른바 '적도 수렴대'라는 사실을. 만약 내가 미리 그 사실을 알고만 있었어도 그날 그렇게까지 뼈와 살이 분리되는 수준의 공

171

포를 느끼지는 않았을 것이다. 그 순간에 나는 비행기가 공중에서 산산조각이 나고야 말리라고 생각했었다.

또 하나 기억에 남는 돌풍은 조그만 프로펠러가 달린 비행기를 타고 출장을 갔을 때였다. 단거리 비행이라 높은 고도가 아니었음에도 불구하고 비행기는 엄청나게 흔들렸고 내가 앉은 창가 자리의 창틀이 그 요동에 떨어질 정도였다. 비행기의 내부 창틀이 떨어진다는 것은 물론 그 비행기가 그만큼 오래되었기 때문이기도 했지만 또 한편 그만큼 돌풍이 심하다는 뜻이었다. 이런 경험이 있는 내게 그날 한국 행 비행기에서 만난 돌풍은 거의 미풍에 가깝게 느껴졌다. 그러나 적도 상공에서 접하는 심각한 돌풍을 겪은 적이 없는 사람들에게는 전혀 다른 얘기였다. 사람들은 마치 안전벨트만 단단히 매면 비행기가 추락해도 살 수 있으리라 생각하는지 안전벨트를 꽉 조여매고 긴장한 눈빛으로 돌풍이 지나가기만을 기다렸다. 그때 바로 내 뒷자리에서 공포로 가득 찬 외마디 비명과 같은 한 단어가 울려 퍼졌다.

"쭈⋯⋯우⋯⋯여⋯⋯."

나는 '주여'라는 단 두 글자 안에 이토록 처절한 두려움이 담길 수도 있구나 하는 사실을 그날 알았다. 그러나 돌풍은 지나가려고 불어오는 법이다. 다시 비행기는 평온을 찾았고 분명 그날 공포로 가득 찬 목소리로 '주여'를 부르짖던 그 목사는 오늘도 어디선가 자신에게 남겨진 사명을 다하고 있을 것이다.

목사가 되기 전 그리고 목사가 된 후에도 나는 많은 종류의 목사들을 만났다. 그러나 참으로 안타깝게도 내가 만난 수많은 목사들 중에서 내가 존경할 만한 분은 한 손에 꼽을 만큼밖에 없었다. 물론 내가 아는 다른 많은 목사들에게 나라는 인간도 결코 존경의 대상은 아니겠지만 말이다. 돌풍 속에서 두려움의 기도를 올리던 그 목사도 마찬가지이다. 나는 그날 비행기에서 내 뒷좌석에 앉은 목사의 행태를 겪으며 최소한 저런 식으로 아무 곳에나 신앙과 소명을 갖다 붙이며 자신에 대한 과대망상증에 걸리지 말자고 다짐했었다. 그러나 지금 내 자신에 대해 뭐라 말할 수 있을까? 나는 내 정체에 대해서 전혀 확신할 수 없다. 목사라는 자리란 참 이상하다. 첫 마음과는 달리 일단 목사라는 타이틀이 내 이름 뒤에 붙는 순간 뭐라고 딱 꼬집어서 말할 수는 없지만 '전형적인 한국 교회 목사'의 모습으로 다 비슷비슷해지는 건 왜일까. 그리고 그 비슷함은 결코 긍정적이지도 아름답지도 않다. 언젠가부터 그 누구보다도 더 보수적이고 더 이기적이며 다 좋은 게 좋은 거지, 라는 식으로 살게끔 된다. 평균적으로 하향 조정되는 비슷함이다. 굳이 다른 사람을 찾을 필요가 없다. 지금의 내가 딱 그러니까. '좋은 게 좋은 거지' 라는 말처럼 지금의 내 모습을 잘 표현하는 구절이 또 있을까? 나처럼 목사가 된 후 평균을 넘어 수직 하향 조정된 사람이 또 있을까?

오후 6시

이런저런 생각을 하는 중에 어느덧 겉으로는 호젓했지만 내면적으로는 복잡하기 그지없었던 나의 드라이브를 마칠 시간이 왔다. 나는 차를 돌려 약속된 심방 장소로 향했다. 오늘의 심방은 급하게 잡혔다. 집안이 넉넉하지는 않지만 그 누구보다 교회 일에 열심인 현 권사가 오늘 저녁 심방 대상이었다. 현 권사는 오래전 남편을 여의었다. 그리고 지금은 서른이 막 넘은 외아들 하나와 단 둘이 살고 있다. 한때 현 권사는 미국에 사는 한인이라면 모두가 부러워하던 그런 사람이었다.

약 25년 전 현 권사는 한국 굴지의 종합상사 시카고 지사장을 맡은 남편을 따라 막 초등학교에 들어간 아들과 함께 온 가족이 미국으로 이사 왔다. 미국에 사는 많은 한국 교민들 중에서 가장 상류층의 생활을 구가하는 사람들이 있다면 다름 아닌 한국 대기업의 지사 근무를 맡아 미국으로 온 가족들이다. 미국에서 지사 생활을 시작한 지 몇 년 후 회사의 지원을 통해 현 권사네는 미국 영주권을 취득했다. 영주권을 얻은 후 남편은 지사 근무 임기를 마치자 회사를 그만두고 조그마한 샌드위치 가게를 열었다. 무엇보다 당시 막 초등학교에 들어간 외아들의 교육 때문에 미국에 그냥 눌러앉기로 결단을 내린 것이다. 여기까지는 미국에 사는 한인이라면 모두가 다 부러워할 시나리오이다. 미국 교포 사회에서 시민권과 영주권은 보이지 않게 사람들 간의 계층을 가르는 신분증이라고 해도 과언이 아니다. 현 권사네처럼 큰 회사의 지원을 통해 영주권을 신청하는 경우 1, 2년 안에 영주권이 나올 수도 있지만 그렇지 못한 사람들이 훨씬 더 많다. 10년이 지나도 영주권이 나오지 않은 경우도 부지기수이며, 일단 영주권이 없는 상황에서 어정쩡한 비자로 미국에 머무는 경우 잠시 미국을 떠나는 것조차 불가능하다. 아니, 떠날 수는 있지만 일단 한번 나가면 다시 미국으로 들어오지 못한다. 지금도 얼마나 많은 교민들이 불안정한 체류 신분 때문에 미국에 발이 묶여 있는지 모른다. 심지어는 한국에 계신 부모님이 돌아가셨는데도 불구하고 자식이 장례식도 참석하지 못하는 비극적인 사례가 비일비재하다. 얼마나 평생에 남을 상처이고 한이겠는가. 도대체 미국이란 나라가 무엇이길래 말이다. 더 정확하게 말하면 미국에서 자녀 교육을 시킨다는 게 얼마나 대단한 가치가 있는 일이길래 부모의 장례식까지 포기를 하는가 말이다. 하지만 아이들을 한국과 미국, 두 곳에서 다 교육을 시킨 경험이 있는 나로서 한 가지는 확실히 말할 수 있다. 한국과 미국의 교육은 '비교'라는 단어 자체가 어울리지 않을 정도로 막대한 차이가 있다. 한국 수원의 고등학교 축구팀과 영국의 프리미어리그의 축구팀을 '비교'하지 않듯이 말이다. 그만큼 그 차이는 엄청나다.

현 권사의 가족 역시 만약을 대비해 영주권은 따놓았지만 현 권사 남편은 지사 근무를 마치고 곧바로 한국으로 돌아가 같은 회사에서 계속 근무할 수도 있었다. 아니, 현 권사의 남편만 한국으로 돌아가 기러기 가족으로 지내는 방법도 있었다. 그러나 현 권사의 남편은 영어도 잘 못 하는 아내와 이제 막 초등학교 1학년이 된 아들, 그것도 힘들게 얻은 외아들을 타국에 놔두고 한국으로 돌아갈 수가 없었다. 그래서 현 권사의 남편은 가족을 위해 자신의 커리어를 포기했다. 그럼에도 여전히 그들은 많은 사람들에게 부러움의 대상이었다. 당당한 영주권을 땄고 또 상당한 퇴직금을 기반으로 상권 좋은 요지에 샌드위치 가게를 열었으니 말이다. 그리고 무엇보다 신앙으로 똘똘 뭉쳐 서로 사랑하는 가족이 함께였다.

현 권사네 샌드위치 가게는 한동안 아주 잘 되었다고 한다. 물론 내가 미국에 오기 한참 전의 일이라 다른 사람으로부터 들은 이야기였다. 교회의 많은 사람들이 현 권사네 가정을 부러워했다. 무엇보다 그들의 경제력이 그 부러움의 주된 대상이었다. 슬픈 얘기지만, 경제적으로 어느 정도 여유가 있어야 교회 안에서도 나름 목에 힘을 줄 수 있다. 교회가 가난하고 헐벗은 사람들을 위한 곳이라는 말은 성경 안에서 나오는 얘기이지 현실은 전혀 그렇지 않기에.

사실 말이 나와서 하는 말이지만 교회처럼 자본주의 법칙이 철저하게 적용되는 곳이 또 있을까? 비록 신도라고 해봐야 몇백 명 안 되는 교회를 담임하고 있지만 알게 모르게 나 역시 그 자본주의 법칙에 철저히 순응하면서 살고 있다. 오늘 새벽의 설교만 해도 어떤가? 내가 말한 축복이란 결국 자본주의사회에서 알파이자 오메가인 돈을 더 벌라는 말과 무엇이 다른가? 김신수의 부모가 무슨 자격으로 부목사를 통해 박주명의 신학교 입학에 추천서를 쓰라고 담임 목사인 내게 요구할 수 있단 말인가? 그게 다 돈의 힘이 아닌가? 그런 면에서 과거 대기업의 지사에서 일할 때보다 오히려 더 자기 비즈니스를 통해 수입이 많아진 현 권사네야말로 교회의 많은 성도들의 눈에 진짜 하나님의 축복을 '제대로' 받은 모범답안과 같은 가정으로 비쳤으리라.

그러나 잘 나가던 현 권사네 샌드위치 가게에 그늘이 드리워진 것은 순식간의 일이었다.

현 권사 샌드위치가 위치한 몰에 다름 아닌 세계적 샌드위치 프랜차이즈인 '서브웨이'가 입점한 것이었다. 아마도 서브웨이 본사 쪽에서 시장 조사를 통해 현 권사네 샌드위치 가게의 성황을 확인한 후 충분히 그 몰에서 서브웨이 점포가 시장성이 있다고 판단한 것임에 틀림없었다. 이런 일을 두고 '새옹지마'라고 할까? 만약 현 권사네 샌드위치 가게의 매출이 그저 그런 수준이었다면 서브웨이는 어쩌면 그 몰에 들어오지 않았을지도 모른다. 아무튼 서브웨이가 들어온 후 현 권사네 샌드위치 가게의 매출은 바닥으로 사정없이 곤두박질쳤다. 무엇보다 가격 경쟁력에서 현 권사네 샌드위치 가게는 애초에 서브웨이와 경쟁이 될 수 없었다. 그렇다고 프랜차이즈를 상대로 가격 경쟁을 벌일 수도 없는 노릇이었다. 제 살을 깎아 먹으면서 팔면 팔수록 손해를 보는 장사를 할 수는 없으니까 말이다. 현 권사네는 직원들을 다 내보내고 부부 둘이서 하루 종일 가게에 매달리기 시작했다. 그래도 서브웨이가 들어오기 전까지만 해도 현 권사 남편은 비록 대기업 지사 근무 시절만큼은 아니었지만 그래도 주말이면 가끔 교인들과 골프도 치는 나름 여유 있는 삶을 즐길 수 있었다. 그만큼 샌드위치 가게는 안정적으로 유지되는 듯 보였다. 그러나 모든 것이 순식간에 달라졌다. 현 권사네 가정의 모든 것이 바뀌었다.

현 권사 부부는 가게에서 거의 살다시피 하면서 가게를 살리기 위해 발버둥 쳤다. 가격 경쟁력에서 서브웨이에 밀리는 이상 가게가 버티려면 인건비를 줄여 비용을 아끼는 방식밖에 없었다. 그러나 부부의 헌신적인 노력에도 불구하고 현 권사네 샌드위치 가게는 영세업체가 대형 프랜차이즈 업체와 맞부딪치는 경우 누구나 처할 수밖에 없는 최악의 시나리오를 향해 달음박질치고 있었다.

미국에서 나름 10년 넘게 여러 회사들을 상대로 일했던 내 경험을 바탕으로 볼 때 당시 현 권사 부부는 어떻게 해서든지 하루라도 빨리 그 가게를 처분했어야 했다. 그게 그나마 남은 유일한 살 길이었다. 그렇게 해서 손해를 보더라도 건질 수 있을 때 돈을 건졌어야 했다. 그리고 그 종잣돈을 가지고 다음 기회를 노렸어야 했다. 하루라도 빨리 밑 빠진 독에 물 붓기를 그만두고 그래도 아직 몸이 건강할 때 새로운 시작을 준비했어야 했다. 그러나 말로는 간단해도 쉽지 않은 노릇이다. 남의 일이니까 이렇게 얘기할 수 있으리라. 아마 나라도 결코 그러지 못했을 것이다. 아니, 그 누구라도 남의 문제가 아닌 자신의 문제가 되는 순간 이성적인 판단을 하기는 쉽지 않았을 것이다.

무엇보다 대기업에서 오랜 세월 많은 직원들을 데리고 일하던 현 권사 남편에게 있어 간과 쓸개를 다 빼고 손님과 직접 상대해야 하는 장사는 말할 수 없는 스트레스를 주었을 것이다. 게다가 시간적으로 하루 24시간 내내 매달려야 하는 일 자체가 주는 육체적 고통도 말할 수 없었을 것이다. 샌드위치 가게와 같이 불특정 다수를 상대로 하는 가게에는 하루에 많으면 서너 명, 적어도 한 명쯤 반드시 '또라이' 손님은 오는 법이다. 그런 손님을 상대하는 스트레스는 장사 해보지 않은 사람은 결코 상상할 수 없으리라. 그런데 게다가 한국말로 상대해도 힘들 수밖에 없는 그런 또라이 손님을 영어가 익숙하지 않은 1세대 한국인이 상대해야 한다고 생각해보라. 나는 그런 상상을 하는 것만으로도 당장 팔다리에 마비 증세가 올 것만 같다.

현 권사의 남편이 갑자기 쓰러진 건 부부가 온종일 가게에 매달리기 시작하고 서너 달이 지나서였다. 아침에 출근해 그날 장사를 위해 재료를 준비하던 현 권사 남편은 갑자기 뒷목을 붙잡더니 쓰러졌다. 급성 뇌출혈이었다. 혼수상태로 병원으로 옮겨진 그는 불과 이틀을 못 넘기고 숨을 거두었다. 가족에게 유언 한마디 남기지 못하고 이 세상을 떠난 황망한 죽음이었다. 어쩌면 그가 의식이 없이 세상을 떠난 것이 차라리 다행인지 모른다. 만약 죽기 전 의식이라도 돌아왔다면 이 막막한 이국땅에 남겨질 아내와 어린 아들을 생각할 때 어찌 편히 눈을 감을 수가 있었겠는가? 험난한 이국땅에서 유일하게 믿고 의지하던 남편을 너무도 처참하게 떠나보낸 현 권사가 받은 충격은 상상을 초월했으리라. 그런 만큼 현 권사가 남편의 죽음 이후 과거와는 비교도 안 될 정도로 미친 듯이 신앙에 매달린 것은 어쩌면 당연한 일이었다.

나는 이 지점에서 김신수의 할머니와 현 권사 사이의 공통점을 발견한다. 남편을 젊은 나이에 떠나보내고 꿈에서 본 석가모니가 준 힘에 의지하여 평생 동안 반야심경을 외우며 살아온 김신수 할머니와 남편을 떠나보낸 후 오로지 삶의 중심이 집과 교회가 되어 살아간 현 권사는 외피는 달라도 그 속을 들여다보면 너무나 닮았다.

남편 장례식이 끝난 직후 현 권사는 같은 교회에 다니는 변호사의 도움을 받아 가게를 거의 포기하다시피 처분했다. 그럴 수밖에 없었다. 현 권사 혼자 그 가게를 운영하는 것은 불가능했다. 현 권사는 평생 남편이 가져다주는 월급을 받으며 가정 안에서만 살아온 평범한 주부였다. 샌드위치 가게를 시작하고 한참 시간이 흐른 후에도 현 권사에게 장사는 여전히 낯설기만 했다. 현 권사 역시 남편과 마찬가지로 온종일 가게에 매달리면서 말할 수 없는 스트레스를 받았지만 그래도 견딜 수 있었던 것은 남편이 대부분의 힘든 일들을 처리했기 때문이었다. 현 권사는 미국인들을 상대로 계산을 주고받는 기본적인 영어조차도 힘든 사람이었다. 그런 상황에서 현 권사가 남편도 없이 어떻게 혼자 가게를 운영할 수 있었겠는가? 손해를 보더라도 하루라도 빨리 가게를 처분하지 않으면 매달 나가는 가게 월세는 하늘 높은 줄 모르고 쌓일 상황이었다. 현 권사네 가정을 보면 정말로 설상가상이란 말이 세상에 존재하는구나 하는 생각이 들었다. 그 가정은 채 6개월이 안 되는 그 짧은 시간 내에 웬만한 집안은 몇 년에 걸쳐서도 여간해서는 겪지 않을 삶의 풍파를 겪었다. 사업 실패와 사랑하는 남편의 죽음이라는 삶의 비극을 말이다.

현 권사는 가게를 정리한 후 아직도 아버지의 죽음이 어떤 의미인지 제대로 알기에는 너무도 어린 아들을 데리고 차라리 한국에 돌아갈까 하고 잠시 고민했었다고 한다. 그러나 현 권사는 아들이 한국에서 다시 힘들게 학교에 적응하느니 자신이 여기서 무슨 일을 해서라도 아들의 인생을 책임지겠다며 오로지 엄마만이 할 수 있는 모진 결심을 했다. 그 후 현 권사는 주로 한국인이 운영하는 세탁소에서 잡일을 하면서 외아들을 홀로 길렀다. 그때부터 현 권사는 과거 잘 나가던 대기업 지사장의 사모님도 아니었고 돈이 알아서 굴러 들어오는 잘 나가는 가게의 사장 부인도 아니었다.

그녀는 자신의 지난 과거를 묻고 전혀 다른 사람으로 살기 시작했다. 과거는 그녀에게 기억하기 싫은 시간이 아니라 아예 존재하지 않는 시간이었다. 그래야만 했다. 그리고 그런 그녀에게 삶의 위안은 오로지 다음 두 가지뿐이었다.

하나님을 믿는 신앙과 엄마의 기대를 저버리지 않고 곧게 자라는 외아들.

내가 교회 사무실을 통해 현 권사 집에서 급하게 심방을 요청한다는 연락을 받은 것은 어젯밤이었다. 어젯밤 현 권사의 외아들 진만이가 집 지하실로 내려가는 층계에서 굴러 떨어져 어깨뼈가 심하게 부러졌다는 것이었다. 911을 불러 응급실로 가 어깨에 철심을 박는 긴급 수술을 했고 지금은 다행히 회복실로 옮긴 상태라고 했다. 나는 현 권사와 진만이가 있는 세인트 메모리얼 병원으로 가는 길에 잠시 병원 근처 도미닉 슈퍼에 들러 꽃 한 다발과 카드를 샀다. 그리고 카드에 진만이의 빠른 회복을 기원하는 진심 어린 메시지를 적었다. 현 권사의 남편을 만난 적은 없고 그 가족에 대한 얘기는 모두 다 다른 사람을 통해 들었지만 그 가족사를 통해 진만이가 현 권사에게 어떤 존재인지는 익히 짐작하고도 남았다. 크게 다친 아들을 보며 찢어질 현 권사의 심정을 생각하면 나도 마음이 아리지 않을 수 없었다. 게다가 진만이는 누구보다 교회에서 열심히 신앙생활을 하는 모범적인 청년이었다. 그는 인디애나 주에 있는 퍼듀 대학에서 컴퓨터 엔지니어링을 전공하고 졸업 후 미국의 한 회사에 프로그래머로 취직했었다. 그러다가 약 2년 전 교회 청년부 수련회에서 극적인 은혜를 받아 선교사가 되겠다고 서원한 후 회사를 그만두고 지금 트리니티 신학교에서 선교학 과정을 듣고 있는 중이었다. 평일에는 학교에 가지만 주말에는 진만이도 세탁소에서 어머니의 일을 거들 뿐 아니라 자신의 전공을 살려 소규모 비즈니스를 하는 사람들의 홈페이지를 만들어주는 등 정말로 하루 24시간이 모자라게 열심히 사는 청년이었다. 우리 교회도 얼마 전 홈페이지를 개편하면서 그 일을 진만이에게 맡겼었다.

진만이는 잠들어 있었다. 진만이가 누운 침대 옆에 앉아 성경을 읽고 있던 현 권사는 병실에 들어서는 나를 보자 조용히 하라는 듯 자기 입에 손가락을 갖다 대며 '쉬'라고 말했다. 그리고 행여 진만이가 깰까 봐 내게 인사는 하는 둥 마는 둥하면서 내 손을 잡고 급히 병원 휴게실로 향했다. 나는 들고 간 꽃다발을 미처 병실에 내려놓지도 못하고 어정쩡하게 현 권사의 손에 이끌린 채 병실을 나왔다.

휴게실 한쪽 구석에 자리를 잡은 현 권사는 한참 동안 아무 말도 않고 바닥만 내려다보았다. 사실 이렇게 현 권사와 단 둘이 마주앉기는 처음이었다. 그간 교회에서 서로 반갑게 인사만 나눈 게 다였다. 물론 몇 번이고 현 권사에게 심방을 가고 싶었지만 워낙 현 권사는 늦게까지 일을 하는 사람이었기 때문에 시간을 맞추기가 쉽지 않았다. 게다가 현 권사의 경우 자신의 가게가 아닌 남의 가게에 고용되어 일하는 사람이기에 낮에 심방을 가기도 여의치 않았다. 새삼 그 사실이 내 마음을 더 아프게 했다.

나는 지금껏 이 불쌍한 여인에게 과연 어떤 목사였던가?

한참 만에 현 권사가 입을 열었다.

"목사님…… 우리 진만이가 다친 건 저 때문입니다."

나는 무슨 말인지 이해가 가지 않았다. 분명 진만이는 지하실로 내려가다가 층계에서 굴렀다고 했는데 그게 왜 현 권사 때문이라는 걸까.

"목사님, 우리 진만이가 다친 건 제가 하나님께 말할 수 없는 죄를 지었기 때문입니다. 그래서 하나님께서 제게 벌을 내리신 겁니다. 제게 가장 소중한 진만이를 치심으로 하나님께서 저에게 벌을……."

현 권사는 더 이상 말을 잇지 못했다. 순간 새벽의 정 집사부터 시작해 참으로 일관성 있게 힘든 하루가 이어지는구나, 라는 생각이 머리를 스쳤다. 참으로 '낯설고 이상한' 하루였다. 그러나 나는 그런 불경한 생각을 머리에서 얼른 지우고 현 권사에게 말했다.

"권사님, 무슨 말씀이신지 제가 자세히는 모르지만 하나님은 그렇게 권사님을 벌주시는 분이 아닙니다. 권사님께서 지금 진만이 사고로 힘드시겠지만 절대로 그렇게 생각하시면 안 됩니다. 권사님, 이럴 때일수록 더 하나님을 붙잡아야 하지 않겠습니까? 왜 하나님께서 권사님을 벌주시기 위해 진만이를 다치게 하십니까? 왜 그런 이상한 생각을 하십니까? 절대 그렇지 않습니다. 권사님."

나는 조용히 현 권사의 손을 잡았다. 거칠고 투박한 손이었다. 공사판에서 일하는 인부의 손이라고 해도 과언이 아닐 정도였다. 현 권사가 지난 20년 넘는 세월을 이 미국 땅에서 어떻게 살았는지 그녀의 거친 손은 말없이 웅변하고 있었다. 이 손도 사모님 소리를 들으며 온실 속 화초처럼 살았을 그때에는 분명 곱디고왔으리라. 순간 진만이가 자기 어머니의 손을 보면 얼마나 마음이 아플까 하는 생각이 머리를 스쳤다. 언제가 될지 모르지만 진만이가 자신의 어머니를 천국으로 보낼 그날, 어머니의 이 거친 손을 보며 많이 울겠구나 하는 생각마저 뜬금없이 떠올랐다.

"목사님, 목사님은 아시지요? 우리 진만이가 선교사 되려고 하는 거 말이에요."

"네, 권사님. 들었습니다. 그래서 지금 트리니티에서 열심히 준비하고 있다지요? 참으로 대단합니다. 하나님께서 우리 진만이를 정말 크게 쓰실 것입니다."

"그런데 목사님, 그거 아세요? 우리 진만이는 하나님을 위해, 복음을 저 오지의 사람들에게 전파하겠다고 하는데 나는, 나는 우리 진만이 선교사 가는 게 너무 싫어서 계속 하나님께 기도했어요. 우리 진만이 선교사 가고 싶은 마음 없애달라고 지난 몇 년간 하루도 빠지지 않고 기도했어요. 목사님, 그 오지에, 다름 사람도 아닌 우리 진만이가 꼭 선교사로 가야 하는 건 아니잖아요? 우리 진만이 여기 미국에서도 전도 많이 했어요. 여기서 교회도 열심히 다니고, 목사님 아시잖아요. 우리 진만이가 교회에서 얼마나 열심히 봉사하고 섬기는지 말이에요. 그런데, 그런데 진만이 저놈은 지가 예수님과 결혼했다며 결혼도 않겠다고 하면서 선교사로 가겠다고, 자기를 위해 십자가를 지신 예수님을 생각하면 자기는 선교사가 아니라 더한 일도 해야 하는데 그걸 못하는 게 가슴 아프다고 그러면서 자기 마음 약해지지 않고 더 예수님만 바라보게 해달라고 나한테 꼭 그렇게 기도해 달라고 하는데 나는 한 번도 그런 기도한 적 없어요. 목사님, 나는 진만이한테는 절대로 얘기한 적 없지만 제발 하나님이 우리 아들 마음 바꾸어달라고. 그렇게만 해주시면 내가 더 열심히 교회에서 일하고 내가 더 열심히 주님 섬기고 주님을 위해서 내가 할 수 있는 거라면 뭐든지 하겠다고 말이에요. 그러니까 제발 하나님이 우리 진만이 마음 바꿔주셔서 여기 미국에서 내가 우리 진만이 얼굴이라도 보면서 살 수 있게 해달라고 기도했어요. 또 우리 진만이가 좋은 사람 만나 결혼도 하고 예쁜 애기도 낳게 해달라고, 저는 그렇게 기도했어요. 그렇게 기도했다고요. 우리 진만이 몰래 매일 그렇게 기도했어요. 하나님 위해서 일할 수 있는 사람은 우리 진만이 말고도 많이 있지만, 나는 믿음이 부족해서 그런지 몰라도 우리 진만이 없이는, 내 아들 없이는 살 수가 없으니까 매일 그렇게 기도했어요. 진만이 몰래 그렇게 기도했어요. 목사님, 목사님……."

오열하며 고백하는 현 권사 앞에서 나도 흐르는 눈물을 참을 수 없었다. 지금이라도 당장 진만이가 자고 있는 병실로 뛰어 올라가 그놈을 흔들어 깨우고 싶었다. 그러고는 그 녀석의 귀에다 이렇게 외치고 싶었다.

'이 자식아, 네가 은혜를 갚아야 할 분은 예수님이 아니라 바로 너의 어머니야. 너 하나를 위해 인생을 바친 너의 어머니야. 이놈아. 지금 당장 내려가서 네 어미의 손을 잡아봐라. 그 손을 봐라. 그 손을 똑똑히 보란 말이다. 이놈아.'

그러나 나는 그냥 고개를 떨군 채 아무 말도 할 수 없었다. 어떤 말도 할 수 없었다. 잠시 후 현 권사가 말을 이었다. 조금 전과는 달리 아주 가라앉은 목소리였다. 나도 모르게 눈을 들어 현 권사를 바라보았다.

"그런데 목사님, 어제 우리 아들 다치고 나서 제가 깨달았어요. 내가 지금까지 하나님보다 아들을 더 사랑했구나. 이 아들이, 하나님 눈에는 나의 우상이었구나. 목사님, 하나님이 세상에서 제일 싫어하는 게 우상 섬기는 거잖아요. 내가 지금까지 아들이라는 우상을 섬겼구나. 그래서 하나님이 지금 나를 치시는구나. 나한테 경고를 보내시는구나. 이 아들이라는 우상을 빨리 내 맘에서 지우지 않으면 어쩌면 하나님께서 더 강하고 무섭게 이 우상을 직접 치우실지 모른다는 생각이 들었어요. 우리 진만이를 하나님께서 더 무섭게 치실지 모른다는 생각이 들었어요. 목사님, 그래서 저 어떻게 하든지 오늘부터 하나님만 사랑하려고요. 진만이보다 하나님 더 사랑하려고요. 그래야, 그래야…… 하나님께서 우리 진만이를…….”

현 권사의 목소리가 흐트러지며 다시 흐느끼기 시작했다. 조금 전보다 더 서럽고 처절한 울음이었다.

“그래야 하나님이 우리 진만이 안 데려가실 거잖아요. 내가 오래전에, 아주 오래전에 남편을 너무 사랑해서, 남편이라는 우상을 섬기고 있어서 하나님이 우리 남편 데려가셨는데 이제 하나님이 우리 진만이까지 데려가시면 안 되니까 저는 하나님만, 진만이보다, 오로지 하나님만 더 사랑하려고요. 하나님 위해서 우리 진만이가 간다니까 선교사로 가는 것도 기뻐하고 진만이 원하는 대로 우리 진만이 훌륭한 선교사 되게 해달라고 기도하려고요. 아까 진만이 침대 옆에서 그렇게 기도했어요. 우리 진만이 훌륭한 선교사 되서 하나님 영광 드러내게 해달라고요. 그래서 다른 나라에 있어 매일 볼 수 없어도, 우리 진만이가 살아만 있으면, 살아만 있으면…… 그게 하나님이 진만이 데리고 가시는 거보다는 더 좋으니까. 나는 우리 아들 없으면 살 수가 없는 사람이니까. 그러니까 저는 오늘부터 내 마음속에서 하나님을 진만이보다 더 사랑할 거예요. 우리 진만이가 결혼해서 예쁜 손자 내 품에 안겨줬으면 좋겠다 같은 그런 욕심도 내 맘에서 완전히 지우고, 그래서 오로지 하나님만 바라볼 수 있게 기도할 거예요. 목사님, 목사님도 제발 저를 위해서 기도해주세요. 그것 때문에, 그 기도 부탁드리려고 목사님 바쁘신데 이렇게 와주시라고 어젯밤에 교회에 부탁했어요."

현 권사를 잡고 있는 내 손이 떨리는 것을 스스로 느낄 수 있었다. 지금 내가 여기서 이 가련한 여인을 위해 무슨 기도를 할 수 있다는 것인가? 도대체 나는 이 여인을 위해 지금 여기서 무엇을 할 수 있는가?

나는, 나는 왜 목사가 되었는가?

나는, 나라는 인간은 왜 지금 이 자리에 있는가?

너무도 무력했다. 내 자신이 가증스러울 정도로 무력했다. 나는 현 권사의 손을 잡고 기도했다.

"하나님⋯⋯."

하나님이라는 단어가 내 입에서 나오자마자 눈물이 흘러 말을 잇기가 힘들었다. 뭐라고 형용할 수 없는 감정이 가슴 깊은 곳에서 울컥 치미는 느낌이었다.

"하나님, 이 여인이 얼마나 힘들고 고통스런 삶을 살아왔는지 하나님이 가장 잘 아십니다. 남편을 떠나보낸 그 슬픔 속에서도 우리 현 권사님 오로지 하나님만 보고 여기까지 살아오셨습니다. 하나님 지금까지 현 권사님 지켜주셨듯이 오늘 이 시간에도 우리 권사님을 위로하시고 우리 권사님이 무엇보다 하나님은 벌주시는 하나님이 아니라 우리 권사님을 가장 사랑하는 하나님임을 깨달을 수 있도록 도와주십시오. 하나님, 하나님께서 우리 권사님에게 아들 진만이를 선물로 주셨습니다. 하나님은 우리 진만이가 권사님에게 어떤 의미인지 가장 잘 아십니다. 하나님께서 독생자 예수님을 우리를 위해 희생시키시면서 가졌던 그 아픔을 우리가 다는 알지 못해도 우리 권사님이 아들 진만이를 얼마나 사랑하는지 하나님이 아십니다. 우리 진만이의 미래를 위해 하나님께서 무슨 계획을 갖고 계신지 우리는 모르지만 하나님, 우리 권사님 하나님을 믿고, 하나님께서 분명히 권사님과 진만이에게 가장 좋은 계획을 갖고 계심을 믿고 우리 권사님이 마음에 아픔이 아닌, 두려움이 아닌 평안을 가질 수 있도록 도와주십시오. 하나님, 우리 권사님 위로하시고 도와주십시오……."

'제발, 하나님 저 철없는 아들 진만이가 이런 엄마를 두고 선교사가 되겠다고 떠들고 다니는 저런 철없는 소리를 더 이상 하지 않도록 그놈의 마음을 바꿔 주십시오.'

순간적으로 나는 이렇게 기도하고 싶었지만 차마 그럴 수는 없었다.

병원을 나서는 순간 오후 내내 나를 짓누르던 답답함의 정체를 비로소 조금은 알 것 같았다. 점심 때 은정이의 얘기를 듣고 나서부터 줄곧 뭔가 내 머리에 정체를 알 수 없는 무슨 딱딱한 덩어리 하나가 뭉쳐 있었던 것 같았는데 병원을 나서는 순간 그 덩어리는 조금씩 명확한 문장이 되어, 질문으로 내 가슴을 쳤다.

"장세기, 너는 도대체 어떤 목사냐?"

그렇다. 도대체 나는 어떤 목사인가? 이것은 스스로에게 더 늦기 전에 반드시 엄중하게 묻고 답해야 할 질문이었다. 오늘 만난 사람들, 정 집사와 은정이, 배 목사와 배 목사의 친구, 그리고 현 권사와 그의 아들 진만이까지. 또 김신수의 부모와 목사가 되고 싶다는 박주명까지……

이들에게 지금까지 내가 어떤 제대로 된 답을 주었는가? 아니, 이 한 사람 한 사람이 자기 삶의 문제를 가지고 목사인 내 앞에 왔을 때 내가 그들에게 분명하게 보여주고 증거할 수 있는 하나님은 과연 어떤 하나님인가? 내 속에는 입으로만 아는, 이론상의 하나님이 아니라 정말 생생하게 느끼는 나의 하나님이 있다. 하지만 내가 아는 그 하나님이 그들에게도 동일한 하나님일까? 우리 교회에서 내가 전하는 말씀을 바라보며 다니는 300여 명의 그 소중한 영혼 하나하나를 과연 나는 책임지고 그들에게 하나님을, 복음을 보여줄 수 있는 사람인가? 그들 중 단 한 사람도 예외 없이 갖고 있는 삶의 치열함과 고통을 나는 과연 목사로서 함께 감당하고 나눌 수 있는 그런 사람인가? 내게 그런 뜨거운 심장이 있는가? 그런 뜨거운 사랑이 있는가? 그리고 내 안에서 가끔씩 느끼는 그 뜨거움이 과연 하나님이 주신 그 뜨거움이라고 나는 어떻게 알 수 있는가?

조금 전 현 권사에게 나는 아무 말도 하지 못했다.

'권사님, 진만이가 선교사로 가려고 하는 것은 잠시 젊은 혈기에 들떠서 그런 것이니까 제가 말리겠습니다. 걱정하지 마세요.'

나는 그렇게 말할 수 없었다.

'권사님, 진만이의 확신이 그렇게 확고하다면 그것은 하나님이 주신 마음이니까 권사님은 힘들지만 순종하세요.'

나는 그렇게도 말할 수 없었다.

지극히 형식적이고 뻔한 기도 외에 나는 아무것도 할 수 없었다. 오늘 나를 만난 현 권사는 나를 통해 무슨 답을 얻었을까? 아니 답은 고사하고 알량한 위로라도 받을 수 있었을까? 현 권사의 인생을 가득 채운 그 고통 앞에서 나는 너무도 무력한 목사였다. 도대체 나는, 나 장세기는 어떤 목사란 말인가? 나는 도대체 심방이란 것을 왜 다니고 있는가? 도대체 왜?

오후 7시 5분

집에 도착한 시간은 7시가 조금 넘어서였다.

아내는 내가 집에 들어서자 그제야 저녁을 차리기 시작했다. 일부러 나를 기다려 함께 저녁 식사를 하려고 했던 것이다. 당연하다. 은정이와 단 둘이 앉아서 저녁을 먹는 것이 얼마나 불편하겠는가. 오후 내내 자기 방에만 처박혀 있던 은정이를 불러내 우리 세 사람은 식탁에 다시 함께 앉았다.

이렇게 사랑하는 가족과 함께 한 식탁에 앉아 있을 수 있는 것만으로도 나는 얼마나 행복한 사람인가 하는 생각에 순간 가슴이 먹먹했다. 그러나 지금 집 안 분위기와는 전혀 맞지 않는 나의 어쭙잖고 생뚱맞은 감정을 애써 누르며 숟가락을 들었다. 평소 가족이 함께 식사를 할 때는 내가 대표로 식사 기도를 하지만 오늘만은 생략했다. 한동안 우리 세 명은 아무런 말없이 밥만 먹었다. 한편으로 나는 이 시간에 은정이 동생 은석이가 수련회에 가고 집에 없는 것이 참으로 다행스럽다는 생각이 들었다.

"은정아, 은석이는 수련회에서 잘 지내니?"

"은석이야 애들하고 원체 잘 지내고, 또 집회 시간에는 열심히 찬양하고 그러지요, 뭐. 은석이는 원래 교회 좋아하잖아요."

아내가 끼어들었다.

"세상에 나는 은석이가 교회 문제로 속을 썩이면 썩였지 우리 은정이가, 그렇게 성경 암송도 잘하고 기도도 똑 부러지게 하던 우리 은정이가 이러리라고는 생각도 못했어요, 여보. 정말로 나는 지금도 이 상황이 이해가 안 돼요. 아니, 믿기지가 않아요."

내가 어떤 말이든 먼저 꺼내길 기다렸다는 듯 아내가 속사포같이 말을 쏟아냈다.

"여보, 지금 왜 은정이가 무슨 문제라도 일으킨 것처럼 그래? 사람이 생각도 마음대로 못 해? 사람 머리가 무슨 백지 도화지야? 교회나 학교에서 목사나 선생이 맘대로 낙서를 하고 그림을 그리도록 만들어진 백지 도화지냐고? 당신은 하나님이 우리를 무슨 그런 수동적인 기계로 만드신 줄 알아? 이 상황이 뭐가 어떻다고 당신은 계속 그러는 거야?"

나도 모르게 아내에게 목소리가 커졌다. 아내도 놀랐지만 그보다 더 놀란 건 은정이였다. 은정이가 서둘러 나를 진정시켰다.

"아빠, 왜 그러세요? 엄마한테 왜 괜히 그러세요?"

오늘 하루 종일 있었던 일들, 오늘 하루 동안 만났던 사람들. 그 모든 것이 내 속에 쌓이고 쌓여서 썩어가고 있었다. 낯설고 기이한 이 하루가 내 앞의 사랑하는 아내마저 마냥 낯설게 보이게 하고 있었다.

'나는 도대체 어떤 목사란 말인가?'

현 권사와의 만남 이후 내 머리를 채운 이 질문이 도통 떠나지 않았다. 어쩌면 내가 평생 물어도 답이 나올 것 같지 않은 이 질문이 이제 내 머리에 꽉 박혀 아예 움직일 기미조차 안 보였다.

"미안해, 여보. 오늘 좀 피곤해서 그래. 미안해. 당신 마음 알아. 오늘 심방도 그렇고 여러 가지 날 힘들게 하는 일이 몇 가지 있어서 그랬어. 미안해. 자, 밥 먹자고. 은정이도 먹어라. 너 아까 점심도 거의 안 먹었잖아."

아내는 별말 하지 않았다.

그런데 문득 아까 은정이가 내게 했던 말, 비수가 되어 내 가슴을 찔렀던 그 말이 생각났다. 나는 은정이에게 지나가듯이 물었다.

"은정아, 넌 내가 목사인 게 그렇게 싫으니? 아빠가 목사 아니고 다른 일 하는 사람이었으면 더 좋겠어?"

은정이가 움찔했다. 예민한 아이다. 분명 아까 자기의 의도와는 상관없이 내뱉은 그 말 때문에 오후 내내 은정이는 신경 쓰고 있었음이 틀림없었다. 뭐라 대답해야 할지 갈등하는 모습이

빤히 드러났다. 여기서 한 걸음 물러서 집 안 분위기를 어떻게든 수습하고 넘어가는 게 나을지 아니면 기왕 이렇게까지 됐는데 자신의 속내를 다 내어 보이는 것이 나을지, 이 두 가지의 기로 앞에서 은정이는 갈등 중이었다. 예민할 뿐 아니라 말할 수 없이 영민한 아이다.

그 아이는 이미 알고 있었다. 지금 이 집에 흔치 않게 찾아온 갈등의 원인도 자신이고 그 해결책 또한 본인에게 있다는 사실을 말이다. 은정이는 자기 나름대로 지금의 분위기를 힘들어하고 있을 것이다. 아무리 똑똑하다 해도 아직 10대 후반의 아이다. 부모가 자신의 문제로 싸우는 것을 보면서 아무렇지도 않을 아이가 어디 있겠는가?

순간 나는 간절히 바랐다. 은정이가 속으로야 무슨 생각을 하든지 간에 제발 지금만은, 아니 대학을 가기 전 이 집에서 같이 사는 동안만은 신앙을 고백해주길. 아까 점심 때 했던 말들은 그냥 학교 공부가 힘들다 보니 괜히 신앙 평계를 대고 짜증낸 것에 불과하다고 적당히 넘어가주길. 그렇게 바라고 또 바랐다. 어차피 사람은 다 자기가 보고 싶은 대로 보고, 믿고 싶은 대로 믿는 존재이다. 인간은 절대적으로 자신의 마음을 편하게 하는 방향으로 믿고 싶어 한다. 인간이 합리적인 존재인 듯 보이지만 실제로는 결코 그렇지 않다. 단지 '합리화'에 능한 존재일 뿐이다. 은정이가 내가 지금 바라는 대로만 말하면 분명 아내는 그 말 그대로 받아들일 것이다.

그럼, 그렇지, 우리 딸이 어떤 딸인데, 라며 은정이의 오늘 일은 의식적으로라도 자기 기억에서 지우려고 애쓸 것이다. 아니 자연스럽게 지워질 것이다. 물론 아내가 과거 나를 향해서도 그랬듯이 은정이를 보며 분명 불쑥불쑥 고개를 내미는 일말의 불안감은 가지고 살지 모른다. 하지만 아내는 결코 그 문제를 자신이 먼저 언급하는 일은 없을 것이고 오늘의 일은 아내의 가슴 깊은 곳 어딘가에 시간이 갈수록 점점 더 깊이 묻혀버릴 것이다. 그렇게만 되면 우리 집은 다시 평안해지고 평상시로 돌아간다. 이 낯선 하루는 어느새 사라지고 내게 익숙한 하루가 내일부터 다시 펼쳐지리라. 그것이 지금 나의 간절한 바람이다. 더도 덜도 아닌, 그냥 평범하게 조용히 아무 문제없이 살아가는 그런 일상 말이다.

멀건 뭇국에 숟가락을 담근 채 은정이는 계속 국을 휘젓고 있었다. 국 쏟아지겠다. 그만해, 라고 내가 말하려는 찰나에 은정이가 입을 열었다.

"아빠가 만약 스타벅스를 열면 나는 죽을 때까지 오로지 스타벅스 커피만 마셔야 하나요?"

은정이의 말을 듣자마자 나의 평범한 일상의 꿈, 최소한 오늘 밤만이라도 평안하게 넘어가고 싶었던 나의 바람은 이미 물 건너갔음을 직감했다.

　"꼭 그런 건 아니지…… 다른 커피 마셔도 되지. 어떻게 평생을 스타벅스 커피 하나만 마시고 사니……."

　나는 은정이가 정작 하고 싶은 말이 커피 얘기가 아니란 걸 너무나 잘 알았지만 이렇게밖에 대답할 수 없었다.

　"하지만 은정이 네가 아빠가 운영하는 스타벅스 매장 안에 다른 가게 커피를 사와서 마시고 있으면 그건 별로 보기 좋진 않겠지. 손님들이 다 보고 있으니까. 특히 손님들이 네가 스타벅스 주인 딸이란 걸 안다면 말이야. 맥도날드 주인이 가게에 앉아서 버거킹 햄버거 먹고 있으면 보기 안 좋은 거랑 마찬가지 아닐까?"

　은정이가 고개를 끄덕였다.

"그래요. 아빠 말이 맞아요."

은정이는 잠시 생각하듯 국 그릇 속의 숟가락을 한 번 더 젓더니 말했다.

"아까는 제가 말 잘못했어요. 고등학교 졸업할 때까지 조용히 아무한테도 말 안하고 교회 잘 다닐게요. 그래봐야 앞으로 뭐 6, 7개월인데요. 그거 못 참을까 봐요. 그냥 참을게요."

괴로웠다. 저 아이가 나 때문에 저러는구나. 그럼에도 도저히 부인할 수 없는 안도감이 내 가슴 전체를 훑고 내려가는 것을 느낄 수 있었다. 은정이의 고통 때문에 잠시 생긴 괴로움과는 차마 비교조차 할 수 없을 정도로 크고 깊은 안도감이었다. 나도 모르게 안도의 한숨이 흘러나오려는 것을 애써 막아야 했다.

'그래도, 오늘 가장 큰 고비 하나는 넘기는구나. 하나님, 감사합니다. 정말로 감사합니다.'

"하지만, 아빠, 엄마. 저도 일단 대학을 가면 성인이에요. 그때는 두 분 다 저의 의견을 존중해주세요. 저의 종교적 신념을

요. 저는 아빠, 엄마가 교회 가는 것 반대하지 않아요. 그건 두 분의 선택이니까요. 물론 아빠, 엄마한테는 이 말 자체가 이해가 안 되겠지만요. 아무튼 아빠랑 엄마 두 분 다 제발 저의 선택을 존중해주세요. 제가 대학에 가고 난 후에 제가 무슨 생각을 하든, 아빠 일하는 데도 방해되지 않도록 조심할 테니까요. 제게도 그 정도는 요구할 권리가 있다고 생각해요. 제가 누구한테 나쁜 일을 하겠다는 것도 아니잖아요. 무슨 불법 서클에 들어가겠다는 말도 아니잖아요. 제발 부탁해요."

"은정아, 우리 내일 일은 내일 생각하자. 내일이 되면 네 생각이 어떻게 바뀔지 모르잖니? 무엇보다 하나님께서 네 마음에 어떻게 역사하실지 모르니까 오늘은 이 정도로 하자. 아빠도 우리 은정이가 지금 무슨 생각을 하고 있는지 잘 알았으니까 앞으로 기도할게. 자, 이제 그 얘기는 이만하고 우리 밥 먹자. 너 오늘 하루 밥 한 끼도 제대로 못 먹었을 거 아니야."

그러나 어떻게 하든 오늘의 이 상황만은 이 정도에서 수습하고 넘어가려는 나의 발버둥은 갑자기 터진 아내의 울음으로 결국 실패로 끝나고 말았다.

"은정아, 그게 어떻게 선택이니, 신념이니 하는 말로 간단히 끝낼 수 있는 거니? 은정아, 너 하나님한테 앞으로 무슨 벌을 받으려고 그런 망령된 생각을 하는 거야? 하나님의 축복을 받아도 살기 힘든 세상인데 하나님한테 무슨 벌을 받으려고 그런 생각을 하는 거냐고? 너 도대체 누구를 만나서 이러는 거니? 내가 오늘 정말 하루 종일 생각하고 또 생각했는데도 도저히 모르겠다. 아무리 고민하고 기도해도 모르겠어. 아니 아빠랑 엄마랑 하나님께 도대체 뭘 그리 큰 잘못을 저질렀길래 하나님께서 우리에게 이런 시험을 주시는지 모르겠다. 도대체 왜 그러는 거야? 대학 가서 교회 안 다니고 이상한 애들하고 어울리면서 어떻게 살려고 그래? 아니 이 무서운 세상을 하나님의 보호와 축복 없이 어떻게 살겠다고 그런 소리를 해? 그럴 거면 엄마는 너 대학 안 보내. 그깟 대학이 뭐가 중요해? 아니 네가 대학 가면 네가 사는 동네로 따라가서 너랑 같이 살 거야. 대학 근처 아파트 구해서 엄마랑 같이 살자. 여보, 당신 괜찮지요? 그래도 되죠? 우리 은정이가 지금 지옥 가게 생겼는데 내가 여기서 사모한답시고 다른 사람들 비위 맞추면서, 교회에서 웃고 다니며 살아요? 우리 은정이 영혼이 달린 문제에요. 여보, 하나님을 못 믿겠다는 애를 어떻게 혼자 대학을 보내요 어떻게 아무도 없는 곳에 애 혼자 보내요? 난 그거 못 해요. 난 죽어도 못 해요."

아내는 오열했다. 지금 아내의 상태를 보아 내가 한두 마디 더 한다고 달라질 것은 없었다. 어떤 말이라도 내가 하는 순간 그것은 역풍을 불러올 것이 뻔했다. 일단 아내 스스로 자신의 감정을 추스르도록 잠시 놓아두는 길밖에 없다.

아내에게 은정이의 문제는 나와 같은 차원이 아니었다. 아내에게 지금 은정이의 문제는 삶과 죽음의 문제였다. 그것도 이 세상에서 사는 7, 80년간의 시간이 아닌 천국과 지옥을 결정하는 '영원의 문제'였다. 사실 내게도 그래야 함이 마땅하다. 목사인 내게는 더 심각해야 할 문제여야 했다.

'그런데 나에게는 은정이의 문제가 그 정도로까지 심각하게 느껴지지 않지? 영원의 문제가 말기 위암 판정을 받는 것보다 훨씬 더 심각해야 하는 거 아니야? 지금 은정이가 그런 죽을병에 걸렸다고 해도 내 마음이 이 정도일까?'

나는 순간적으로 떠오른 이 생각을 얼른 지웠다. 이런 원론적인 고민은 나중에 해도 된다. 지금은 그게 문제가 아니다. 은정이가 지금까지 한 말들이 진심이 아니었다라고 정식으로 취소하지 않는 한, 아니 예수님의 이름을 부르며 회개의 뜨거운 눈물이라도 쏟아내지 않는 한 아내에게 은정이의 문제는 오늘 대충·수습하고 덮을 수 있는 그런 문제가 아니었다. 내가 상황을 너무 안일하게 생각했었다. 신앙이 없어도 대학 갈 때까지만은 아빠 체면을 위해 교회를 다니겠다는 은정이의 말. 하지만 대학에 들어가는 순간부터 신앙과 관련해서는 더 이상 자신을 간섭하지 말라는 은정이의 선언은 도리어 아내에게 은정이의 지금 상황이 얼마나 심각한지 통렬하게 깨닫게 하는 '최악의 결과'를 낳았을 뿐이었다.

오늘 하루만은 어떻게든 수습하고 넘어가고 싶었던 나의 간절한 바람이 물 건너간 얘기가 되었다면 나는 차라리 은정이에게 궁금한 것들을 진지하게 묻는 편이 낫다고 생각했다. 그래도 아직 어린 은정이 정도는 설득할 수 있지 않을까? 나도 책이라면 그 누구 못지않게 읽은 사람이다. 은정이가 어떤 책을 읽고, 어디서 누구한테 무슨 말을 듣고 이러는지는 몰라도 은정이가 논리로 나오겠다면 나 역시 논리로 상대하지 못할 것도 없었다. 모르면 몰랐지 내가 은정이보다 하나님의 말씀을 수백 배는 더 읽고 듣고 또 공부했다.

아니, 혹시 하나님께서 오늘 저녁 이 시간을 통해 은정이가 기독교의 진리를 제대로 알고 깨달을 수 있도록 이 모든 과정들을 예비하신 것이 아닐까? 그래, 내가 언제 이 딸을 앞에 앉혀놓고 하나님의 말씀을 하나하나 짚어가며 가르친 적이 있었던

가? 예수님께서 부활하신 직후 엠마오라는 동네로 가는 두 제자에게 나타나셔서 그들에게 왜 그리스도가 고난을 받고 죽은 후 다시 살아나셔야만 했는지를 가르쳐주셨다. 그리고 그 가르침을 통해 엠마오로 가던 두 제자의 인생이 바뀌었다. 예수님의 가르침에 영적인 눈이 뜨여져 인생이 바뀐 그 두 제자를 성경은 뭐라고 표현했던가?

"그들(엠마오로 가던 두 제자)이 서로 말하되 길에서 (예수님이) 우리에게 말씀하시고 우리에게 성경을 풀어주실 때에 우리 속에서 마음이 뜨겁지 아니하더냐 하고."

그랬다. 그들은 자신들이 마음이 뜨거워졌다고 하지 않았던가?

나 역시 예수님처럼 내 딸을 앞에 놓고 진정한 복음을 가르쳐야 한다. 나의 가장 사랑하는 딸의 마음이 뜨거워지도록 예수님처럼 내 딸에게 말씀의 진리를 풀어주어야 한다. 어쩌면 은정이에게 오늘 이 시간은 하나님께서 내게 허락하셨던 비행기에서의 바로 그날, 내 신앙과 인생을 결정지었던 바로 그날이 될지도 모른다. 아니 분명히 그럴 것이다. 그래야만 한다. 오늘은 은정이의 마음속에 엠마오로 가던 두 제자의 마음을 휘감았던 그 동일한 뜨거움을 부어주시려고 하나님께서 예비하신 바로 그날이어야만 한다.

'그래. 그런 거야……'

갑자기 내 마음에 뭐라 말할 수 없는 뜨거운 감동이 밀려왔다. 무엇보다 은정이의 얘기를 좀 더 자세히 들을 필요가 있었다. 설교는, 가르침은 듣고 나서 해도 늦지 않다.

"혹시 은정아, 네가 아까 잠깐 얘기했었지만, 네가 왜 더 이상 하나님을 못 믿겠다고 하는지 아빠한테 얘기해줄 수 있겠니, 가능하면 최대한 구체적으로?"

은정이는 아직도 완전히 울음을 그치지 못하고 감정이 북받쳐 있는 엄마의 눈치를 봤다. 그리고 잠시 망설이는 듯했다. 어디에서부터 어디까지 무슨 얘기를 해야 할지 순간적으로 고민하는 모습이 역력했다. 무엇보다 내가 먼저 마음을 열고 자신의 얘기를 듣겠다고 한 사실에 은정이는 조금 놀란 것 같기도 했다. 이윽고 은정이는 내게 조용히 말했다.

"아빠, 혹시 크리스토퍼 히친스라는 사람 아세요?"

"크리스토퍼 누구? 모르겠는데? 누구야? 너희 학교 선생님
이야?"

순간 은정이의 얼굴에는 '아빠는 목사라면서 크리스토퍼 히
친스도 몰라요?' 하는 표정이 스쳐갔다.

"아니요. 되게 유명한 사람이에요. 영국 기자라던가? 저도 자세
히는 모르는데 아무튼 영국 사람인데 세계에서 뽑는 무슨 100대
지성인에도 들고 그랬던 사람이에요. 그런데 이 사람이 작년인
가 재작년에 죽었어요. 웬만한 사람들은 모르는 사람이 없을 정
도로 유명한 무신론자에요. 무신론에 대한 책들도 많이 썼는데
다 베스트셀러래요."

나는 순간적으로 '애가 학교 공부하기에도 부족한 시간에 히
친스인지 후친스인지 하는 되먹지도 못한 무신론자의 책이나
읽고 있었다는 거야?' 하는 분노가 솟아올랐다. 그러나 나는 내
감정을 최대한 자제하고 물었다. 처음부터 은정이의 마음을 닫
을 수는 없는 노릇이었다.

"그러니? 그래, 네가 그럼 그 사람 책을 읽고 네 생각이 바뀐

거구나. 이제 좀 알겠다. 그런 거였구나. 그런데 은정아, 너 그 사람 책 읽는 거만큼 성경은 읽었니? 뭐든지 한 가지만 읽으면 안 돼. 두 가지를 다 같이 봐야지. 사람이 한쪽에만 편향되면 자기도 모르게 비뚤어지는 거야. 뭐든지 균형을 갖고 볼 수 있어야 해. 이 세상에서 제일 잘못된 사람이 누군지 아니? 한쪽만 보는 사람이야. 그리고 자기는 항상 옳다고 큰소리치는 사람이야. 무식하면 용감하다고 말이야. 네가 그런 사람이 되어서 되겠니? 그렇게 균형감각을 잃어버린 사람이 되면 쓰겠어? 그래서 아빠가 말하는 거야. 너 그동안 성경은 얼마나 읽었니? 하루에 성경을 몇 분이나 읽었니? 히친스인지 하는 그 사람 책을 만약 네가 하루에 한 시간 읽었다면 성경도 한 시간 읽는 게 상식적으로 맞는 거 아니겠어? 아빠 말이 틀렸니, 은정아?"

나는 이미 논리적인 면에서 반은 이기고 들어갔다는 확신이 들었다.

"그게 아니에요, 아빠. 저 그 사람 책 잘 몰라요. 저는 무신론이니 하는 책 별 관심 없어요. 무엇보다 그런 책 읽을 시간도 없고요. 학교 숙제 할 시간도 모자란 걸요. 제가 학교에서 맡은 게 또 워낙 많아서 매일 늦는 거 아빠도 알잖아요. 내가 그 사람 책

읽을 시간이 어디 있겠어요?"

맞다. 그랬다. 은정이는 학교 공부 외에도 학교 내에서 이런 저런 일들을 맡아 정말로 정신없이 바쁜 아이였다. 사실 내가 집에서 보는 은정이의 모습은 학교 숙제를 하거나 아니면 피곤해 잠든 모습이 다였다. 그래, 그런데 왜 뜬금없이 히친스? 나는 이런 질문을 얼굴에 담고 은정이를 보았다.

"그런데 몇 달 전이었을 거예요. 학교 독후감 도서 중에 그 사람 책이 있었어요. 다른 책들은 분량도 몇백 페이지나 되는 두꺼운 책인데, 히친스 책은 되게 얇은 거예요. 마침 제니퍼도 그 책을 읽었더라고요. 제 친구 제니퍼 알죠? 제니퍼가 종교니 정치니 하는 문제에 관심이 많은데, 아무튼 히친스가 죽기 직전까지 쓴 글들을 모은 책이라고 제니퍼 알려주더라고요. 그래서 제니퍼한테 빌려서 읽었는데 정말 다 읽는데 30분도 안 걸렸어요. 당연히 그때만 해도 히친스라는 사람의 이름은 들어본 적도 없었어요. 근데 그 책은 그 사람이 식도암이 걸리고 나서 죽기 직전까지 쓴 글들을 모은 책인데, 그 책을 보면 몸이 좀 괜찮을 때 쓴 글은 조금 길고 또 몸이 너무 아플 때 쓴 글은 고작 한두 줄 밖에 안 되기도 해요. 그래서 그 책이 얇아요. 아무튼 그 사람이 죽기 전까지 생각한 것들, 뭐 그런 것들을 모아놓은 책이에요. 그런데 아빠, 제가 그 책 읽다가 충격을 받았어요."

은정이는 잠시 말을 끊었다. 아내도 격앙된 감정을 조금이나마 수습하고 은정이를 바라보며 귀를 기울이고 있었다.

"히친스가 식도암에 걸리자 수많은 크리스천들이 너무 기뻐했다는 거예요. 그동안 하나님이 없다고 그렇게 '혀'를 마음대로 놀리면서 살아계신 하나님을 모독했으니까 식도암이 걸리는 게 당연하다고 말하면서 말이에요. 그런데 히친스는 거기에 이렇게 썼어요. 하나님이 자신의 한 말과 글 때문에 화가 났으면 내가 말을 하고 글을 쓸 수 있도록 하는 나의 '뇌'에 암을 주셨어야지 왜 말이나 글과는 별 상관도 없는 '식도'에 암을 주셨는지 그게 이상하다고요. 식도는 주로 먹는 거랑 관계가 있지 않냐고요. 그뿐 아니라 어떤 크리스천은 언제 히친스가 죽을지 알아맞히는 사이트까지 만들어서 운영했다는 거예요. 게다가 기독교인들이 히친스의 가족들에게까지 말도 못하는 중상모략으로 거의 테러에 가까운 고통을 주었대요. 그래서 언젠가 히친스가 기독교인들에게 제발 자기에 대해서는 무슨 소리를 해도 좋지만 자신의 가족들만은 가만둬달라고 애원까지 한 적이 있었대요.

아빠, 전 너무 놀랐어요. 이게 기독교인가요? 이런 사람들이 하나님을 믿는다고요? 자신과 다르면 무조건 저주하고, 자신의 신앙과 조금만 어긋나면 사탄이라고 매도하는 사람들이요? 기독교인이라면, 정말로 하나님을 믿는 사람이라면 왜 히친스를 욕해요? 왜 그 가족을 욕해요? 히친스의 영혼을 위해서 기도하고 히친스를 전도하려고 애써야 하는 거 아니에요? 그렇지 않아요?

아빠, 사실 제가 말을 안 해서 그렇지 여기 시카고에서 제일 많이 싸우고 갈라지고 쪼개지고 하는 곳이 교회잖아요? 저는 여기서 10년 이상 살면서 교회처럼 툭하면 싸우는 곳을 본 적이 없어요. 무슨 하나님 믿는다는 사람이 그래요? 너무 웃기지 않아요? 이번 수련회에서도 목사님 설교 내용이 뭐였는지 아세요? 우리는 교회에서 서로의 다름을 존중하고 사랑하고 하나가 되어야 한다는 거였어요. 그 이유가 뭔가 하면 예수님이 우리를 하나로 만들기 위해 십자가에서 돌아가셨기 때문이라는 거예요. 그런데 전 목사님의 그런 설교가 도저히 역겨워서 들을 수가 없었어요. 목사님은 지금 우리 주변에서 일어나는 일들이 안 보이나? 어떻게 눈 하나 깜빡하지 않고 저런 설교를 할 수 있을까? 목사님만 해도 고등부에서 자기 생각하고 조금만 다른 의견 내는 아이 있으면 가만두지 않아요. 자기는 그러면서 예수님이 우리가 하나 되도록 하기 위해 죽으셨다는 거예요!"

은정이는 갑자기 수련회 생각이 나는지 씩씩거렸다.

나는 뭐라 할 말이 없었다.

지금도 여전히 우리 교회 근처의 몇몇 한인 교회는 심각한 내부 균열로 진통 중이고 그 중 한 교회는 얼마 전 예배 중에 무장한 경찰까지 출동했었다고 한다. 한국의 큰 교회에는 싸움이 나면 심지어 깡패들이 동원된다는 얘기도 들었다. 나와 생각이 다르다고 평생 친하게 지내던 친구들이 한순간에 서로 저주하는 원수가 된다면 누구나 기이하게 여길 것이다. 그러나 그게 하나도 놀랍지 않은 곳이 하나 있다. 바로 교회이다. 한국이나 미국 내의 한인 교회나 전혀 다르지 않다. 심지어는 가족들끼리도 원수가 된다. 그리고 더 큰 문제는 그렇게 서로를 미워하면서도 양쪽 다 주님을 위해 그렇다고 생각한다는 점이다. 찬양과 기도를 하면서 서로를 미워하고 저주해도 조금도 이상하지 않고 그 속에서 일말의 모순도 느끼지 못하는 지금 교회의 현실. 도저히 부정할 수 없는 현실.

나는 할 말이 없었다. 아직 어린 은정이가 교회 내의 싸움을 보면서 이런 생각을 하고 있을 줄은 상상도 하지 못했다. 나는 주섬주섬 생각을 정리하며 내가 할 수 있는 최대한의 수준에서 대답했다.

"하지만 은정아. 아빠가 아까도 말했지만 네가 너무 한쪽만 본다고 생각하지 않니? 히친스를 욕한 사람들도 있었겠지만 히친스를 전도하기 위해서 애쓴 크리스천들도 분명히 있었을 거야. 아니 아빠는 그런 크리스천이 훨씬 더 많았으리라 확신한다. 원래 좀 이상하고 극단적인 부류가 더 눈에 띄기 마련이니까 네 눈에 그렇게 비쳤겠지. 히친스 눈에도 그런 사람들이 더 도드라지게 보여서 그 책에 그 사람들 얘기만 쓴 게 아닐까? 아빠는 그렇게 생각한다. 아빠는 아무리 그 사람이 무신론자라고 해도 암으로 고통받다가 죽었다니까 가슴이 아프다. 은정아, 생각해봐. 대부분의 크리스천들은 다 아빠처럼 느낄 거야. 그렇지 않겠니? 무엇보다 얼마 되지 않는 극소수의 잘못된 사람들 때문에 우리의 믿음 전체를 부정한다면 그게 얼마나 어리석은 일이겠니? 아빠나 엄마가 가끔 너에게 부당하게 대한다고 너에 대한 아빠와 엄마의 사랑이 엉터리는 아니지 않니?"

은정이는 아무 대답도 하지 않았다. 잠시 뜸을 들인 후 나는 결국 아까 오후에 배 목사에게 했던 요지의 얘기를 한 번 더 반복했다.

"은정아, 어른들이 정말로 잘못하는 것이 많아. 예수님은 우리한테 빛과 소금이 되라고 하셨는데 말이야. 하지만, 네가 기억해야 해. 우리는 사람을 보고 하나님 믿는 거 아니야. 우리는 하나님을 보고 믿는 거야. 사람들이 싸운다고 하나님이 안 계신 것은 아니잖아. 그걸 우리는 잊으면 안 돼. 우리는 하나님을 믿는 거야. 사람을 보면서 어떻게 하나님을 믿을 수 있겠니. 사람이란 존재가 얼마나 약한지 네가 잘 모르는 모양이구나. 그런데도 하고 많은 사람들 중에서도 네가 지금 보고 있는 건 잘못된 길에 들어선 크리스천 중에서도 유달리 문제 있는 크리스천들이잖아. 왜 그런 사람들 때문에 네 신앙이 흔들려야 하니? 우리 주변만 둘러봐도 정말로 하나님을 사랑하고 그래서 이웃을 사랑하는 사람들, 진짜로 나와 다른 사람들의 차이까지 다 받아들이는 좋은 크리스천이 얼마나 많은데. 그런 사람들은 네 눈에 들어오지 않니? 교회가 또 다 싸우기만 하는 건 아니잖아? 10년, 20년 지나도 한 번도 싸우지 않는 교회도 여기 시카고 안에 얼마나 많은데. 아까도 말했지만 아빠는 네가 균형을 가졌으면 참 좋겠구나."

은정이는 여전히 아무 말 하지 않았다. 나는 은정이가 내 말에 '확실히' 흔들리고 있다고 생각했다. 내 맘이 다시 조금씩 고양되기 시작했다.

'그래, 내 딸의 영혼은 내가 책임진다. 내 딸은 내가 살린다.'

화룡점정을 찍기 위해 다시 말문을 열려는 순간 은정이가 입을 열었다. 은정이의 목소리는 바로 앞에 앉은 내 귀에도 들릴 듯 말 듯 작았다. 너무 작게 얘기해서 처음에는 애가 왜 갑자기 혼잣말을 하는지 의아해할 정도였다.

"아빠, 히친스는 그냥 하나의 에피소드일 뿐이에요. 그 책 때문에 제가 하나님을 못 믿겠다는 게 아니에요. 사실 아무 상관없어요. 그냥 아빠가 물으니까 생각나는 대로 대답한 거예요. 나하고 아무 상관없어요. 솔직히 전 오랫동안 하나님 믿는 것에 대해서 생각했어요. 그리고 오래전에 저는 결론을 내렸어요. 물론 그게 앞으로도 바뀔 수 있겠지요. 하지만 지금은 확고해요. 저는 무엇보다……."

은정이가 잠시 망설였다. 그러더니 마침내 결심을 한 듯 고개를 푹 숙인 채 말을 이었다.

"사실 전에 제가 학교에서 몇 가지 어려운 일이 있었어요. 선생님하고도 그렇고 친구들하고도요. 아무튼 좀 힘든 일들이 있었어요. 엄마, 아빠 걱정할까 봐 말은 안 했어요. 한동안 정말 많이 힘들었어요. 하지만 걱정하지 마세요. 지금은 다 깨끗하게 해결됐어요. 다 끝났어요. 아빠, 엄마 그러니까 걱정 안하셔도 돼요. 이미 다 지난 일이니까요."

아내가 화들짝 놀라며 말문을 열었다.

"아니, 은정아, 무슨 일인데? 도대체 무슨 일이 있었다는 거야. 엄마한테만은 얘기를 했어야지. 도대체 무슨 일을 당했기에 네가 그동안 말도 못 했다는 거야?"

우리가 미국에 오고 얼마 되지 않은, 은석이가 초등학교 2학년 때 일이었다. 은석이의 여자 담임선생이 은근히 인종차별을 하는 사람이었고 그로 인해 어린 은석이가 심하게 맘고생한 적이 있었다. 무엇보다 아직 영어가 서툴렀던 은석이에게 그 시절은 아마도 기억하고 싶지 않은 과거일 것이다. 은석이도 은석이지만 아내도 그 담임선생으로 인해 매우 힘든 시간을 보내야만 했다. 아내에게는 아직도 그때의 아픔과 분노가 트라우마로 고

스란히 남아 있다. 그렇기에 무엇보다 선생님 때문에 은정이가 힘들었다는 말에 아내가 놀라는 것은 당연했다. 은정이는 단 한 번도 학교에서 힘들었다는 말을 한 적이 없는 아이였다. 항상 열심히 공부하고 모든 것을 다 스스로 알아서 하는 애였다. 그런데 이 애한테 그런 힘든 시절이 있었다니. 나보다 아내에게 은정이의 이 고백은 몇 배 더 큰 충격일 수밖에 없었다.

"엄마, 다 지난 일이에요. 다 끝났어요. 지금은 아무 상관없어요. 그리고 저 그때 일 다시 떠올리고 싶지 않아요. 그러니까 제발 부탁이에요. 아무것도 묻지 마세요."

은정이는 굳게 입을 다물었다. 도대체 이 아이에게 무슨 일이 있었던 걸까?

"하지만, 엄마, 아빠. 그때 그 일이 저한테는 새로운 생각을 하게 했어요. 아빠……."

은정이가 나를 똑바로 보며 말했다.

"하나님이 분명히 우리가 기도하면 들어주시는 거 맞죠? 저는 그렇게 배웠고 또 그렇게 믿었어요. 조그마한 믿음만 있으면 산도 옮겨주신다고 했죠? 두드리면 문이 열린다고 하셨죠? 저는 정말로 믿었어요. 저 어릴 때 진짜로 산타 할아버지가 있는 줄 알았어요. 그래서 전 산타 할아버지한테 기도했어요. 내가 원하는 선물 꼭 갖다 달라고요. 그런데 항상 산타는 어떻게 알았는지 내가 원하는 바로 그 선물을 갖다 줬어요. 저는 얼마나 신기하고 고마웠는지 몰라요. 나중에 산타 할아버지는 없고 그 선물을 갖다놓은 게 사실 아빠, 엄마였다는 것을 알았을 때 제가 얼마나 슬펐는지 아세요? 너무 가슴이 아팠어요. 산타 할아버지가 없었다니…… 전 정말로 크리스마스가 다가올 때마다 온 맘을 다해 산타 할아버지에게 선물을 갖다 달라고 기도했고 한 번도 틀리지 않고 내가 원하는 선물을 갖다 주는 그런 산타 할아버지를 얼마나 좋아했는지 몰라요. 그런데 그 산타 할아버지가 가짜였다니. 산타 할아버지가 엉터리였다니, 아빠…….”

　은정이는 잠시 말을 끊었다. 어렴풋이 기억이 나는 것도 같았다. 내가 어느 날 지나가는 말로 은정이에게 ‘은정아, 너 정말 산타가 진짜 있었다고 믿었던 거야?’라고 웃으며 물었을 때 그 아이의 얼굴에 스쳐간 충격 어린 표정을.
　은정이가 다시 말을 이었다.

"하지만 하나님은 산타 할아버지가 아니잖아요. 산타 할아버지처럼 사람들이 지어낸 존재가 아니잖아요? 진짜로 계시잖아요. 저는 그렇게 믿었어요. 정말로 내가 어릴 때 산타 할아버지를 믿던 것과 하나도 다르지 않게, 아니 내가 너무 힘들었던 그때 전 훨씬 더 간절하게 하나님께 기도했어요. 저를 도와달라고 매일 밤 기도했어요. 매일 밤 울면서 기도했어요. 그런데 하나님은 제 기도를 안 들어주셨어요. 아무리 기도해도 달라진 건 하나도 없었어요. 모든 것은 다 그대로였어요. 그냥 시간이 많이 흐르면서 무덤덤해졌을 뿐이에요. 내가 기도해서 해결된 것은 하나도 없었어요. 달라진 건 하나도 없었다고요. 시간이 지나간 거 외에는 아무것도, 아무것도 변하지 않았어요. 하나님은 그때부터 더 이상 내게 아무것도 아니었어요. 아니 산타 할아버지보다도 훨씬 못한 존재가 됐어요. 산타 할아버지는 최소한 내가 원하는 선물이라도 갖다 줬으니까요."

"아니, 도대체 무슨 일이 있었길래 그러는 거야? 은정아 엄마한테 말 좀 해봐, 누가 널 강간이라도 한 거야?"

나는 깜짝 놀랐다. 그래, 우리 은정이도 여자지. 이제 다 큰 여자지. 내 눈에 내 딸 은정이는 항상 어린 아이였을 뿐이었다.

그러나 그렇지 않았다.

'맞아, 얘도 내일모레면 스무 살이 되는 여자였어.'

"아니에요, 그런 거 아니에요!"

은정이는 엄마에게 고함을 빽 질렀다. 나는 은정이가 엄마에게 그렇게 말하는 모습을 처음 봤다.

"엄마는 도대체 왜 그래요? 다 지나고 지금 아무 일도 없어요. 그걸 왜 자꾸 들춰내려고 하는 거예요? 도대체 왜 그래요? 지금 나를 돕겠다는 거예요, 아니면 나를 괴롭히겠다는 거예요?"

은정이의 표독스러운 반응에 아내는 잠시 멍한 표정으로 은정이를 바라볼 뿐이었다. 아내를 대신해 내가 말했다.

"은정아, 너 무슨 말을 그렇게 하니? 엄만 네 생각해서 그러는 거잖아. 그래, 무슨 일이었는지 더 이상 안 물을게. 어차피 다 지났고 또 무엇보다 네가 괜찮다고 하니까. 그럼 된 거지. 하지만 은정아, 아빤 네가 그렇게 힘들었다니까 그게 너무 마음

아파서 그러는 거야. 엄마는 더 말할 것도 없고. 왜 그때 엄마, 아빠한테 말하지 않았니? 물론 네가 힘들어하는 것을 제대로 알아차리지 못한 우리 잘못이 더 크지만 말이야. 은정아, 우리 가족이 서로 그렇게 벽을 쌓고 지내는 그런 사이는 절대 아니지 않니? 물론 아빠가 교회 때문에 바빠서 너랑 은석이에게 전보다 많은 시간을 함께하지 못한 거 알아. 아빠도 그게 늘 마음 아팠어. 하지만, 아빠는 가능한 한 너한테 모든 얘기 다 하려고 노력하잖아. 너도 그건 알지? 그런데 왜 그때 엄마 아빠한테 말하지 않았니? 그랬으면 우리가 나서서 도왔을 거야. 그게 하나님이 너를 돕는 방법이야. 그게 하나님이 너의 기도에 응답하시는 방법이야. 무슨 신기한 기적을 통해서만 하나님이 네 기도에 응답 하시는 게 아니야. 네가 힘들 때 곁에서 도우라고 하나님이 이렇게 엄마랑 아빠를 네 곁에 있게 하신 거야. 그런데 왜 그랬니? 왜……? 우리한테 얘기했으면 네가 지금 이렇게 하나님을 원망하는 일도 애초에 없었을 텐데 말이야."

은정이는 내 말에 가슴이 아프다는 듯, 아니 보기에 따라서 아빠는 아직도 이해를 못하네요, 라는 표정으로 나를 보며 말했다.

"아빠한텐 미안하지만 저는 그런 아빠의 말이야말로 정말 말이 안 된다고 생각해요. 부모님이 계신 애라면 자기가 힘들 때 자기 부모님께 도와달라고 하는 게 당연해요. 그럼 그 부모님은 도와주시겠죠. 그건 누구에게나 다 당연한 거예요. 하나님을 믿든 안 믿든 누구에게나 해당되는 얘기에요. 안 그래요, 아빠? 아마 제가 학교에서 어려운 문제가 있을 때마다 아빠한테 얘기하면 아빠가 도와주시겠죠. 만약 아빠가 미국 사람이라면 더 잘 도와주실 수 있을 거예요. 아니, 아빠가 엄청 부자고 엄청 유명한 사람이면 날 훨씬 더 잘 도와주실 수 있을 거예요. 그렇지 않아요? 그럼 아빠, 그게 하나님하고 무슨 상관있어요? 우리 학교에 집이 엄청 부자고 유명한 부모님을 둔 애들이 여럿 있어요. 걔네들 교회 안 다녀요. 기독교의 '기'자도 모르는 애들이에요. 걔네들한테 무슨 힘든 일이 있는지 모르지만 그럴 때 걔네들 아빠가 나서면 해결 안 될 일이 없을 거예요. 그런데 어떻게 아빠는 부모님이 나서서 자식 돕는 것을 하나님이 기도 응답하는 거라고 얘기하세요? 그럼 하나님은 부모가 없는 애들 기도만 들으시나요? 전 아빠, 엄마가 바쁘시고 또 우리 집이 부자도 아니고 유명한 것도 아니었잖아요. 무엇보다 아빠, 엄마가 저 때문에 힘들어하는 모습 보고 싶지 않았어요. 전 당연히 하나님이 제 기도에 응답하시고 도와주시리라 믿었어요. 너무 당연하게 믿었어요. 내가 힘들고 죽을 것 같은데, 그래서 믿고 찾을 분이 하나님밖에 없어서 정말 간절하게 기도했어요. 그런데 달라진 것은 아무것도 없었어요. 아무것도 없었어요. 아빠, 엄마……."

은정이는 나와 아내를 교대로 쳐다보았다. 그러고는 공손하지만 단호하게 물었다.

"하나님은 대체 어디 계시죠? 아빠와 엄마가 제게 하나님을 보여주실 수 있어요? 아니, 하나님은 아빠랑 엄마한테는 특별한 방법으로 대답을 하실지 모르니까 한번 알아봐주세요. 내가 죽을 듯이 힘들어서 기도할 때 하나님 도대체 어디서 뭐 하고 계셨는지 한번 물어봐주세요."

'예수님의 말씀에 마음이 뜨거워졌던 두 제자, 엠마오로 가던 두 제자…….'

성경 속 두 제자는 자기들 마음만 뜨거워진 채 점점 내 시야에서 멀어져가고 있었다. 아내는 아내대로 식탁 위에서 이미 다 식어버린 국그릇만 멍하게 쳐다보고 있었다. 그러다가가 아내가 고개를 절레절레 저으며 입을 열었다.

"은정아, 그건 하나님께서 다른 뜻이 있어서, 하나님이 더 너를 향한 귀한 뜻이 있어서 그래. 우리 믿는 사람에게는 모든 것이 합력해서 다 선을 이룬다고 했잖아. 그러니까 우리는 가끔 이해할 수 없는 일이 있어도 하나님한테 그렇게 얘기하면 안 돼. 하나님께는, 우리같이 어리석은 인간은 결코 알 수 없는 하나님만의 깊은 뜻이 있어서 그렇다고 믿어야 해. 우리는 하나님을 믿어야 해. 비록 엄마가 하나님을 네 눈앞에 보이도록 할 수는 없지만 엄마는 너를 뱃속에서 가졌을 때부터, 너를 하나님께서 우리 가정에 허락하셨던 바로 그 순간부터 너를 향한 하나님의 귀한 뜻이 있다는 걸 알았어. 엄마는 무슨 일이 있어도, 목에 칼이 들어와도 그런 하나님을 부인할 수 없어. 엄마는 하나님을 모른다고 할 수 없어. 하나님은 살아 계셔, 우리가 어떻게 그 엄연한 사실을 부인할 수 있니, 어떻게, 은정아…… 그게 말이나 되니? 하나님은 너에게 그 고난을 통해 귀한 뜻을 가지고 계신 거야, 은정아, 제발……."

　　은정이는 엄마의 애절한 말을 듣고 조용히, 그러나 단호하게 말했다.

"엄마, 미안해요. 정말 미안해요. 하지만, 전 그런 대단한 하나님 뜻 별로 알고 싶지 않아요. 코에 걸면 코걸이, 귀에 걸면 귀걸이가 되는 그런 하나님의 뜻 관심 없어요. 너무 수준 높은 하나님의 뜻 같은 거 전혀 관심 없어요. 미안해요, 엄마."

오늘은 끊임없는 데자뷔의 하루이다. 마치 내가 얼굴도 본 적 없는 배 목사의 친구가 마치 은정이의 입을 빌어 내게 다시 말하는 것 같은 착각을 느꼈다. 배 목사는 내게 이렇게 말했다.

"하나님의 뜻은 너무 깊고 신비로워서 자기 같은 보통 사람은 도통 알래야 알 수가 없답니다. 그래서 이제 그 신비하고 깊은 뜻 연구하는 거 그만두고 말이 되고 상식이 통하는 세상에서 살겠답니다. 아주 짧고 단호하게 답을 보냈더군요. 정말로 짧은 답이었습니다. 그게 마지막이었습니다. 이제 제가 할 일은 그 친구를 위해 기도하는 일뿐입니다."

언젠가 오래전 내가 아버지에게 더 이상 교회를 다니지 않겠다고 말했던 그날이 생각났다. 아버지는 별다른 말없이 그러라고, 네 마음이 원하는 대로 하라고 하셨다. 하지만 네가 다시 하나님께 돌아오고 싶을 때는 조금도 주저하지 말고 돌아오라고 하셨다. 하나님은 너를 있는 모습 그대로 여전히 받아주시고 사랑하실 테니까. 아버지는 내게 그렇게 말씀하셨다.

나는 지금 이 순간 아버지가 오래전 내게 하셨던 그 말을 은정이에게 해야 한다. 나는 지금 목사이다. 아니, 최소한 장로였던 내 아버지의 그 대답보다는 조금이라도 더 근사하고 설득력 있는 말을 은정이에게 해줘야 한다. 그래야 한다. 비록 은정이를 엠마오로 가던 제자처럼 완전히 바꿀 수는 없다고 하더라도, 은정이의 마음속에 그 두 제자가 느꼈던 그 뜨거움을 집어넣을 수는 없다고 하더라도 최소한 은정이가 아예 교회를, 하나님을 완전히 떠나도록 해서는 안 된다. 그렇게 놔둬서는 안 된다. 나는 내 딸을, 내 딸을 잡아야만 한다.

하지만, 하지만…… 내 입술은 뭔가에 단단히 붙들린 듯 꼼짝도 하지 않았다. 은정이의 말에 아내는 너무 황망한지 나만 쳐다보고 있었다. 나는 지금 이 순간 도대체 내 딸에게, 내 딸의 영혼을 향해 무슨 말을 할 수 있을까? 벙어리가 된 듯 무력하게 이 자리에 앉아 있는 나는 도대체 누구인가? 나와 아내가 받은 충격이 자신에게도 전해졌는지 은정이는 기어 들어가는 소리로 말했다.

"아빠, 나 아빠가 목사 하는 거 싫지 않아요. 나 사실 아빠가 목사 한다고 하셨을 때 좋았어요. 전에 회사 다닐 때 아빠 술도 많이 마시고 그랬는데 신학교 다니면서 술도 안 마시고 우리랑 시간도 더 많이 보내고 해서 전 마냥 좋았어요. 지금도 마찬가지예요. 난 아빠가 자랑스러워요. 아빠가 목사 하시는 거 전혀 싫지 않아요."

은정이의 위로 아닌 위로는 더 이상 내 귀에 들리지 않았다. 나도 순간 아까 만났던 현 권사의 말이 생각났다. 아까 현 권사의 말을 들었을 때만 해도 하나님에 대한 그녀의 생각이 너무도 어리석은 나머지 그저 안타깝게만 느껴졌었는데 지금은 나도 확신할 수 없었다.

"그런데 목사님, 어제 우리 아들 다치고 나서 제가 깨달았어요. 내가 지금까지 하나님보다 아들을 더 사랑했구나. 이 아들이, 하나님 눈에는 나의 우상이었구나. 목사님, 하나님이 세상에서 제일 싫어하는 게 우상 섬기는 거잖아요. 내가 지금까지 아들이라는 우상을 섬겼구나. 그래서 하나님이 지금 나를 치시는구나."

우리 부부도 하나님보다 우리 아이들을 더 사랑해서 하나님께서 지금 우리를, 우리의 신앙을 테스트하시는 것인가? 그런 건가? 하나님께서는 이런 식으로 지금 우리 부부를 치시는 건가?

"말도 안 돼!"

나도 모르게 고개를 흔들며 외쳤다. 갑작스런 내 외침에 아내와 은정이는 깜짝 놀랐다. 은정이가 당황하며 말했다.

"아빠, 죄송해요. 아빠한테는 말이 안 될 수 있지만 제발 저를 이해해주세요. 아빠……."

나는 황급히 은정이를 보며 말했다.

"아니야, 은정아, 너한테 한 말이 아니야."

나는 사실 점심때만 해도 은정이의 말을 그렇게까지 심각하게 생각하지는 않았다. 사실 많이 놀라기도 했고 혼란스러운 면들이 있기는 했지만 나의 과거를 생각할 때 우리 애가 나보다 더 똑똑해서 이런 고민을 나보다 훨씬 더 빨리 하는구나 하는 정도의 마음이 없지는 않았다. 그러나 지금 나는 정확히 판단이

서지 않았다. 어쩌면…… 평소보다 이런저런 일이 많았던 오늘 하루가 주는 충격 때문에 내가 정상적인 생각을 못하고 있는지도 몰랐다. 나도 모르게 외마디가 흘러나왔다.

"주…… 님……."

나는 아내에게 이제 그만 은정이를 자기 방으로 보내라고 손짓했다. 아내는 은정이를 데리고 방으로 갔다가 바로 돌아와 채 먹지도 않은 식탁 위의 저녁상을 치우기 시작했다. 아내의 모습을 멍하니 보며 한편으로 아내가 너무도 측은하게 느껴졌다. 미안했다. 어릴 때부터 은정이는 나와 많이 비슷했다. 결국 저 애가 저런 생각을 하는 것도 저 아이의 몸 속에 내 피가 더 강하게 작용하기 때문이 아닐까. 아내는 알게 모르게 연애 시절 롤러코스터처럼 오르락내리락 하는 내 신앙 때문에 맘고생을 많이 했다. 그때도 그렇게 힘들어했는데 이제는 딸 때문에 아내의 속은 더 깊은 멍으로 썩어 들어가고 있다. 미안했다. 그냥 미안했다.

"여보, 어떻게 하면 좋을까?"

아내는 아무 대꾸도 않고 설거지만 하고 있다.

"여보, 조금만 기도하면서 기다립시다. 저럴 때가 있어. 돌아올 거야. 하나님께서 가장 좋은 시간에 더 신실하게 돌아오게 하실 거야. 나도 그랬잖아. 기도합시다. 괜히 애한테 잔소리하지 말자고. 신앙이 잔소리한다고 생기는 것도 아니니까. 그냥 믿고 기도합시다."

아내의 손이 멈췄다. 잠시 후 얼음처럼 차가운 대답이 돌아왔다.

"당신이 더 잘 알겠죠. 누구 피인데. 그 피가 어디 가겠어요?"

비수처럼 내 마음에 꽂히는 아내의 말을 뒤로 하고 나는 조용히 일어나 서재로 갔다. 서재에 발을 들여놓는 순간 까맣게 잊고 있었던, 가슴 철렁한 한 가지 기억이 내 머리를 스쳤다. 은정이와 함께 앉아 있을 때 잠깐 들었던 감정 하나가 선명하게 되살아났다.

고작 한 시간 전 내가 느꼈던 바로 그 감정, 은정이가 대학으로 떠나기 전까지는 아무에게도 말하지 않고 조용히 교회를 다니겠다고 말했을 때 내가 느꼈던 바로 그 비겁한 안도감. 비록 찰나의 순간이었지만 너무도 생생히 파도처럼 내 가슴을 휩쓸었던 그 안도의 감정이 기억난 것이었다. 최소한 교회에서 망신을 당하지는 않겠구나, 그래도 지금까지 해왔던 것처럼 계속 문제없이 목회를 할 수 있겠구나, 라는 생각에 나는 너무도 기뻤었다. 그리고 그 순간 내 머리에 분명히 떠올랐던 김신수의 부모와 박주명. 그리고 나를 바라보는 부교역자들. 그 얼굴들, 그들 앞에서 난 앞으로도 여전히 당당할 수 있겠구나, 라는 생각에 안심했던 나. 장세기라는 목사. 딸의 신앙과 영혼이 아닌 내체면을 먼저 생각하는 나는 어떤 목사인가? 아니, 목사가 아닌 나는 도대체 어떤 인간인가? 아내가 딸의 영혼을 걱정하는 만큼의 반의반이라도 은정이의 영혼을 걱정하는 사람일까? 아니, 나는 정말로 하나님을 믿는 하는 사람인가? 내가, 이런 내가 지금 목사를 하고 있다고? 딸의 영혼이 경각에 달려 있는 바로 그 상황에서도 자기 체면을 먼저 생각하는 나 같은 인간이야말로 성경이 말하는 양심에 화인 맞은 바로 그런 자가 아닌가? 이런 내가 다른 이의 영혼을 책임진다고? 한 영혼이 하나님 앞에서 섰을 때 부끄러움 없도록 내가 그들을 말씀으로 인도하고 있다고? 아까 은정이는 히친스를 전도하지 않고 욕하는 기독교인들을 이해할 수 없다고 말했다. 나는 은정이가 욕하는 그들과 무엇이 다른가? 지금의 상황만 대충 지났으면 좋겠다는 마음으로 내 딸을 방치하려고 한 나는 그들과 무엇이 다른가? 은정이가 대학만 가면 그래서 더 이상 내 눈에 보이지만 않으면 하나님이 다 알아서 해주시겠지, 그런 생각을 하는 나는 그들과 무엇이 그렇게 다른가? 나처럼 비겁한 사람이 이 세상에 또 있을까?

'아, 은정아⋯⋯.'

아까 현 권사 앞에서도 무력하기 이를 데 없었던 나는 오늘 저녁 사랑하는 딸 앞에서도 똑같이 무력하기만 했다. 무력하고 또 비겁했다. 그동안 내가 읽고 외웠던 말씀들, 내가 눈물을 흘리며 바쳤던 기도들, 코피를 쏟아가며 늦은 나이에 버둥거리며 영어로 마쳐야 했던 그 힘들었던 신학 공부. 그 모든 것들은 지금 내게 아무런 도움이 되지 못하고 있다.

나는 책상에 앉아 머리를 감싸 쥐었다.

이 세상 모든 사람에게 거짓말을 할 수 있지만 내가 결코 거짓말 할 수 없는 한 사람, 아니 내가 결코 거짓말해서는 안 되는 한 사람이 있다.

그것은 나 자신이다.

그랬다.

나는 지금 이 순간 나 자신에게만 거짓말할 수 없다.

내가 오늘 하루 종일 가장 고민한 문제는 은정이로 인해 행여나 생길지 모르는 '목사 장세기의 망신'이었다. 은정이의 신앙이 아니었다. 은정이의 영혼이 아니었다.

'이런 나는 목사가 아니다. 영혼을 사랑하지 않는 나는 목사가 아니다.'

나는 입술을 깨물었다.

'나는 아버지가 아니다. 딸의 고통보다 나의 체면을 먼저 생각하는 나는 아버지가 아니다.'

비행기에서 나를 사랑하신다는 하나님의 음성을 들은 후 한동안 나는 구름 위에서 사는 것만 같았다. 늦은 나이에 시작한 신학 공부는, 그것도 힘든 영어로 진행되는 공부는 내가 상상했던 것보다 훨씬 힘들었다. 하루에도 몇 번이나 포기하고 싶었다. 힘들 때면 내가 과연 바른 선택을 한 것인가에 대한 회의가 밀물처럼 몰려오기도 했었다. 늦은 나이에 부모님을 의지하는 나 자신이 부끄러웠다. 그래도 너무 늦기 전에, 그래도 아직 기회가 있을 때 전에 다니던 회사로 돌아가는 게 옳지 않은지 고민하기도 했었다. 하지만 그럴 때마다 나를 지켜준 것은 나를 사랑하신다는 하나님의 분명한 음성이었다. 신명기 7장의 말씀을 통해 내 몸을 감싸던 하나님의 황홀한 사랑이었다. 그러나 결코 사라지지 않을 것 같은 그날의 황홀한 기적이 준 감동도 한 해, 두 해가 지나면서 조금씩 희미해져갔다. 나는 희미해져가는 그 감동의 끝자락을 붙잡고 하나님께 한 번만 더 내게 새로운 기적을 허락해달라고 어린아이와 같이 떼를 쓰기도 했었다. 그러나 하나님께서는 마치 바울에게 "내 은혜가 네게 족하다"라고 말씀하신 것처럼 내 기도에 응답하지 않으셨다.

하지만 하나님의 침묵에도 나는 하나님이 나를 사랑하신다는 그 확신만은 조금도 흔들리지 않았다. 그 확신이 오늘까지 내가 목사로 살 수 있도록 한 가장 중요한 원동력이다. 나도 한때 하나님을 논리로 계산해 판단하려 했었다. 그러나 나의 어쭙잖은 논리는 그날 하나님의 큰 사랑 앞에서 유리와도 같이 산산조각 나며 부서졌다. 사랑은 논리보다 깊고 넓었다. 건조한 논리는 뜨거운 사랑 앞에 한없이 무력했다. 내게 기독교는, 하나님은 사랑이다. 그 이상도 이하도 아니다.

은정이가 이 하나님의 사랑을 안다면 분명 오늘과 같은 일은 은정이에게 생기지 않았을 것이다. 그러나 은정이는 아직 하나님의 사랑을 모른다. 어쩌면 아직 하나님의 사랑을 알기에 은정이는 너무 어린지도 모른다. 하지만 은정이가 하나님의 사랑을 아는 데는 어릴지 몰라도 부모의 사랑을 알고 느끼는 데에는 전혀 어리지 않다. 아니, 한 살짜리 갓난아기도 부모의 사랑을 안다. 그런데 은정이는 무슨 일이었는지는 몰라도 가장 힘들 때 나와 아내를 찾지 않았다. 그리고 혼자 그 고통의 터널을 지났다. 그 과정에서 은정이가 겪었을 괴로움의 깊이를 나는 전혀 알지 못한다. 하지만 그때와 달리 은정이는 지금 우리에게 손을 내밀고 있다. 하나님을 못 믿겠다고 하는 내 딸의 외침은 결코 반항이 아니다. 딸이 절박하게 내미는 구조 요청이다. 아빠와 엄마의 사랑을 보여 달라는 간절한 외침이다. 그런데 나는 지금 내 딸이 내민 손을 나의 체면 때문에, 목사 아빠의 위신 때문에 뿌리치고 있다.

나는 머리를 다시 감싸 쥐었다.

지금 내가 할 수 있는 것은 은정이를 앉혀놓고 성경을 보여주며 하나님의 말씀을 가르치는 게 아니다. 나는 지금 내 딸에게 목사가 아닌 '아버지'가 되어야 한다. 하나님은 내게 그날 비행기에서 나의 아버지가 되셨다. 하나님은 그날 내게 이 세상에서 나를 가장 사랑하신다고 고백한 나의 아버지가 되셨다. 하나님이 내게 하셨듯이 나는 지금 내 딸에게 말해야 한다.

'은정아, 하나님을 믿어라'라 아닌 '은정아, 나는 너를 사랑한다'라고 말해야 한다.

그것이다.

내가 해야 할 일은 내 딸을 설득하는 게 아니다. 엠마오로 가는 내 딸을 틀어잡아 억지로 방향을 예루살렘으로 바꾸는 것이 아니다. 나는 딸에게 아버지가 되어야 한다. 비록 은정이가 아직 하나님의 사랑은 모른다고 해도 엄마, 아빠의 사랑만은 확실히 느끼도록 하는 것이다.

바로 그것이다. 그게 내가 할 일이다. 은정이의 아버지로서 할 일이다.

나는 책상 위에 파묻고 있던 몸을 일으켜 종이와 펜을 찾았다. 그리고 한 글자, 한 글자 조심스럽게 써내려갔다.

"은정아, 오래전 아빠가 너보다 좀 더 나이가 많았을 때 아빠는 네 할아버지께 오늘 네가 아빠, 엄마에게 했던 것과 비슷한 말을 한 적이 있었단다. 아빠도 할아버지에게 더 이상 교회를 못 나가겠다고 선언했던 거지. 너도 알다시피 할아버지는 교회 장로님이셨고 또 아빠 가족이 그때 다니던 교회가 작았기 때문에 만약 아빠가 교회를 안 나가게 되면 당장 교회 안에 안 좋은 소문이 날 상황이었어. 당연히 장로였던 할아버지가 아빠 때문에 곤란하게 되실 수 있었지. 무슨 장로가 자식 교육도 제대로 못 시키냐고 말이야. 하지만 할아버지는 아빠에게 그런 내색을 조금도 비치지 않으셨단다. 그리고 아빠에게 네 마음이 원하는 대로 하라고 오히려 격려해주셨어.

은정아, 아빠가 아까 너와 대화할 때 솔직히 아빠는 네가 교회를 안 나오게 되면 어떡하나? 당장 아빠가 데리고 일하는 다른 목사님들이 아빠를 어떻게 생각할까, 또 장로님들과 많은 집사님들은 아빠를 어떻게 바라볼까? 아빠가 교회에서 설교를 하면 그 사람들이 비웃지는 않을까? 딸 신앙도 책임지지 못하는 목사가 무슨 목사냐고 뒤에서 욕하지는 않을까? 아빠는 그런 생각에 두려웠단다. 그래서 네가 고등학교 졸업할 때까지 조용히 교회를 다니겠다고 했을 때 아빠는 속으로 가슴을 쓸어내리기까지 했단다. 아빠의 체면 때문에 교회를 다니는 그 기간 동안 네가 과연 어떤 마음으로 교회를 다닐지 또 오히려 그게 너의 영혼을 하나님으로부터 더 멀리 가도록 만들지는 않을지 고민하는 대신 나는 네 말에 안심하고 좋아했었다.

정말 미안하고 부끄럽구나.

은정아, 아빠가 아까는 좀 당황하고 놀래서 제대로 생각하지 못했지만 아빠의 진심은 결코 그게 아니란다. 아빠의 체면보다, 사람들이 아빠를 어떻게 생각하느냐보다 아빠에게는 은정이 네가 훨씬 더 중요해. 지금 교회를 다닐지 안 다닐지의 문제는 네가 원하는 대로 하거라. 아빠 걱정할 거 전혀 없으니까. 만약 누가 아빠에게 왜 은정이가 교회에서 안 보이냐고 물으면 아빠는 당당하게 이렇게 대답하려고 한다.

우리 은정이는 지금 지금 하나님에 대해서 더 깊이 생각하는 시간을 갖고 있다고 말이다. 그게 틀린 말은 아니지?

그리고 앞으로 네가 어른이 되어서도 여전히 하나님과 교회에 대한 생각이 바뀌지 않아도 아빠는 괜찮다. 아빠가 목사라는 사실이 너의 자유로운 생각과 고민에 방해가 되지 않기를 바란다. 엄마하고는 아빠가 잘 얘기할게. 너도 다른 건 몰라도 엄마를 이해하고 엄마와 예전처럼 다정하게 지냈으면 한다. 이 세상에 엄마만큼 너를 사랑하는 사람이 어디 있니? 아빠의 사랑이 엄마와 비교할 수 있겠니?

은정아, 세월이 많이 지나면 당연히 아빠가 먼저 죽어서 하나님 나라에 가 있겠지? 아빠는 거기서 너를 기다리마. 하지만 아빠가 거기서 아무리 기다려도 네가 오지 않는다면 아빠는 천국에 절대 혼자 있지는 않을 거다. 너 없는 천국은 아빠에게 더 이상 천국이 아니니까. 아빠는 네가 있는 곳이 어디가 되었든지 그곳으로 갈 거야. 그것만은, 그것 하나만은 아빠가 은정이한테 꼭 약속할게.

사랑한다, 내 딸."

나는 천천히 편지를 접었다. 그리고 서랍에서 봉투를 찾아 편지를 넣고 그 봉투 겉면에 '사랑하는 내 딸, 은정에게'라고 또박또박 썼다. 나는 오늘 하루를 언제나처럼 목사로 시작했다. 그러나 나는 지금 이 낯선 하루를 목사가 아닌 아버지로 마친다.

작가의 말

　나는 가끔 대학 시절 전공이었던 러시아어를 열심히 공부하지 않은 게 후회될 때가 있다. 내가 사는 시카고 곳곳에 널리고 널린 러시아 사람들과 전혀 러시아어로 대화하지 못할 때 나는 약간의 부끄러움을 느낀다. 하지만 그보다 훨씬 더 내가 나의 형편없는 러시아어 실력에 처참해질 때는 따로 있다. 구 소련이 낳은 노벨 문학상 수상자인 솔제니친의 명작 《이반 데니소비치의 하루》를 러시아어 원서로 전혀 읽어내지 못하는 내 처지를 절감할 때이다. 그렇다. 나는 고백하기 부끄럽지만 러시아어를 전공했지만 러시아 책을 읽지 못한다. 흔한 말로 졸업만 했다. 사실 인생을 살면서 러시아어의 저급한 수준 때문에 불편한 일은 '전혀' 없다. 그럼에도 불구하고 내가 러시아어로 솔제니친의 《이반 데니소비치의 하루》를 읽지 못함을 이처럼 안타깝게 여기는 이유는 그만큼 그 작품이 탁월하기 때문이다. 내가 만약 조금만 더 일찍 솔제니친을 알았더라면, 대학 시절 솔제니친 작품의 가치를 알았더라면 분명 나는 그 누구보다 열심히 러시아어를 공부했으리라. 어떻게든 솔제니친의 작품을 원서로 읽고 싶다는 욕망에 최선을 다했으리라. 내가 나라는 사람을 알기에 이 점만은 자신 있게 말할 수 있다. 그러나 아쉽게도 내가 솔제니친에 대해서 제대로 알게 된 때는 대학을 졸업하고도 한참이 지나서였다. 그러다보니 당시 내가 할 수 있었던 것은 한국어로 번역된 솔제니친의 모든 번역본들을 사서 읽는 일이었다. 《수용소 군도》,《붉은 수레바퀴》,《암병동》 등등.

그리고 그의 많은 책들 중에서도 내가 가장 아끼는 한 권을 꼽으라면 나는 서슴없이 《이반 데니소비치의 하루》를 집어들 것이다. 지금도 나는 가끔 이 책을 침대 머리맡에 놓고 잠자리 들기 전 펴서 읽곤 한다. 게다가 나는 한국에서 나온 이 책의 모든 번역본을 다 사서 읽었다. 행여 다양한 번역본들 중에 조금이라도 원서의 느낌을 더 잘 전달하는 글은 없을까 하는 기대감에서였다.

나는 얼마 전《이반 데니소비치의 하루》를 다시 읽는 중에 문득 나도 이와 비슷한 글을 하나 쓰고 싶다는 생각에 사로잡혔다. 사실 말이 안 되는 소리이다. 나는 소설을 많이 읽은 사람도 아니고 지금까지 내가 쓴 글들도 하나같이 다 기독교와 관련한 글들밖에 없다.

　하지만 다음 몇 가지 사실 때문에 일단 끄적이기 시작했다. 무엇보다《서초교회 잔혹사》말고도 나는 약 5년 전에 써놓은 꽤 긴 미출간 장편 소설이 하나 있었다. 게다가 나는 이런저런 이유로 끄적여놓은 단편 소설이 몇 편 더 있었다. 무엇보다《이반 데니소비치의 하루》는 그렇게 길지 않다. 이 정도 길이라면 나도 한번 써볼 수 있지 않을까 하는 생각이 들었다. 물론 짧은 소설이 긴 소설보다 못하거나 더 쓰기 쉽다는 얘기는 아니지만 말이다.

　하지만 문제는 여전히 남아 있었다. 과연 내가《이반 데니소비치의 하루》가 주는 그 깊은 감동의 언저리에라도 미치는 글을 쓸 수 있을까하는 의구심이었다. 이 의구심은 일단 원고를 다 마친 지금도 지워지지 않는다. 무엇보다 솔제니친은 직접 수용소 생활을 겪었기에 수용소 내에서의 하루를 이반 데니소비치라는 사람의 입을 통해 정말 기가 막힐 정도로 섬세하게 그려냈다. 그의 생생한 체험이야말로《이반 데니소비치의 하루》가

선사하는 감동의 궁극적인 기반이다.

그렇다면 내게 과연 소설로 풀어낼 만한 생생한 감동의 하루가 있는가? 물론 살아 있는 한 매일매일 하루를 건사하고 있지만 '이것이 당신이 읽어볼만한 나의 하루입니다'라고 내밀 만한 그런 하루가 내게 있는가? 내가 누군가의 하루를 그려낸다면 그건 어떤 사람의 하루여야 하는가? 당연한 고민이었다. 처음에는 미국에서 유수의 회사들을 상대로 세일즈 하던 2000년대 초반의 나의 하루를 글로 써볼까도 생각했다. 그러나 곧 그 생각을 접었다.

결국 그나마 주인공의 내면뿐 아니라 그 사람의 주변 상황까지 나름 디테일하게 안다고 자부하는 한 대상을 정해서 일단 글을 시작했다. 다름 아닌 개신교의 '목사'였다. 나는 지난 5, 6년간 사실상 교회 속에서 먹고사는 목사보다 어떻게 보면 더 깊이 교회 안의 실상을 보면서 생활했다. 비록 수용소에서 죽을 고비를 넘기며 살았던 솔제니친에 비하면 명함도 못 내밀지만 그나마 목사에 대해서만은 할 얘기들이 꽤 있을 것 같았다. 그래서 무작정 글을 써내려갔다. 중간 정도까지는 별 어려움 없이 술술 써내려갔다. 그러던 것이 중간부터 막혀서 한참 동안 아예 한 글자도 쓰지 못했다. 그 과정을 겪으면서 음악이든, 글이든 창작에 매진하는 분들에 대한 존경심이 새삼 솟아났다.

《이반 데니소비치의 하루》가 내게 전해주는 감동의 100분의 1이라도 이 책을 읽는 누군가에게 전할 수 있다면 참 좋겠다. 극적인 요소 없이 평범함이 가지는 고귀함, 그러한 인생의 가치를 전하고 싶었다. 특히 종교를 가진 인간이라는 존재는 어떻게 생각하고 살아야 하는지, 신과 인간의 관계라는 것이 과연 무엇인지를 어설프지만 나의 방식으로 풀어내고 싶었다. 많은 사람들에게 신이 그토록 절실하게 필요한 이유는 그만큼 사는 것이 벅차고 치열하기 때문일 것이다. 그 치열함이 주는 고통에 신음하지만 동시에 그 치열함 때문에 인생은 살 가치가 있다. 종교가 치열한 삶을 마비시키는 모르핀이 아니라 그 치열함을 더 가치 있게 만들기를 바라는 마음으로 이 글을 썼다.

생각 없는 믿음처럼 종교의 가치를, 아니 인간의 가치를 훼손시키는 것은 없다고 생각한다.